Wolfgang Neumann und Annette Sandrock

Tödliche Heilung

dgvt Verlag

Wolfgang Neumann und
Annette Sandrock

Tödliche Heilung

Ein Psychokrimi
aus Ostwestfalen-Lippe

dgvt Verlag

Tübingen
2015

Bibliografische Information der Deutschen Nationalbibliothek
Die Deutsche Nationalbibliothek verzeichnet diese Publikation in der Deutschen Nationalbibliografie; detaillierte bibliografische Daten sind im Internet über http://dnb.d-nb.de abrufbar.

Im Sudhaus
Hechinger Straße 203
72072 Tübingen

E-Mail: dgvt-Verlag@dgvt.de
Internet: www.dgvt-Verlag.de

Umschlaggestaltung: Jens-Olaf Broksche, Lemgo
Layout: VMR, Monika Rohde, Leipzig
Druck und Bindung: CPI books GmbH, Leck

ISBN 978-3-87159-889-0

Vorbemerkung

Heutzutage – wie auch zu Zeiten unseres großen Dichters und Naturwissenschaftlers Johann Wolfgang von Goethe – ist die Landschaft der Toskana ein die Sinne belebendes und sehr beliebtes Reiseziel für blasse Nordlichter wie die Deutschen. Sie alle suchen die Sonne, weil sich der Sommer auch dieses Jahr wieder mal, vor allem in Ostwestfalen-Lippe, sehr vornehm zurückhält und damit begnügt, den blauen Sommerhimmel wolkenreich zu verstecken. Die Radiostationen, besorgt um das Seelenheil ihrer Konsumenten, geben sich alle erdenkliche Mühe, den säumigen Sommer mit ihrigen fetzigsten Hits endlich herbeizulocken.

Goethe versuchte dazumal, sich durch einen Erholungsurlaub „im Land, wo die Zitronen blühen“ seiner vermutlich mittelgradigen Depression zu entledigen. Sie ließ ihn die Erkenntnis gewinnen, dass das Leben zu kurz und der Tag zu lang sei.

Die heutigen Deutschen suchen – nach dem letzten großen Krieg in Europa zu Geld gekommen – als Touristen in der Toskana das Dolce Vita bei milden Temperaturen, sonnige Gefilde, den Wein, die Kulinarik, das Meer und den Flair der lieblichen italienischen Landschaft; genießen die Lebensart und den mediterranen Geist.

Goethe vertrieb sich durchs Reisen seine dunklen Gedanken, die Touristen wollen auf ihrer Suche nach dem ewigen Frühling den Erinnerungen an den letzten harten Winter entfliehen.

Über viele Jahrhunderte hinweg war Italien der historische Nabel der Weltgeschichte, der kulturelle Mittelpunkt, das geistige Zentrum für Europa, Kernland der wissenschaftlichen Entwicklung. Spätestens mit den Katastrophen des 20. Jahrhunderts war diese Ära zu Ende und die darauf folgende unselige Zeit wirkt weiter fort, genauso wie bei den Deutschen …

1.

Die sanfte Hügellandschaft der westlichen Toskana hat auch an diesem frühen Morgen im Mai 1944 eine völlig unbedrohliche Ausstrahlung.

Von weitem gesehen wirken die vierzig Menschen, die einen Hügel erklimmen, wie zwei große Familien auf dem Weg zu einer fröhlichen Landpartie.

Aus der Nähe betrachtet wird jedoch sichtbar, dass hier zwei höchst unterschiedliche Personengruppen unterwegs sind. Sie verbindet ein schwerer Gang. Ihre Schritte sind deutlich angestrengt.

Eine kleine Gruppe von Dorfbewohnern wird von Schwarzhemden vor sich her getrieben. Beide Gruppen stammen aus demselben Dorf.

Die gerade aufgegangene Sonne hängt noch fahl vom Morgendunst verschleiert darüber und zeichnet mit ihren ersten Strahlen weich, was für die Akteure der Szene brutale Realität ist.

Alle Beteiligten schweigen, es ist ein schwerer Anstieg und der letzte, todbringende Gang für die Voranschreitenden, die sich offensichtlich ihrem Schicksal ergeben haben. Die Älteren atmen schwer, werden von den Jüngeren gestützt.

Nicht weitergehen, einfach stehen bleiben, nicht mehr gehorchen – längst unmöglich. Alle trotten vorwärts, gegen jedes Gefühl, gegen alle Vernunft bis zur Kuppe eines nahen Hügels.

Oben angekommen, befehlen die Schwarzhemden den Gefangenen, eine lang gestreckte, tiefe Grube auszuheben, ihr eigenes Grab. Dann müssen sie sich nackt ausziehen, bis auf die Unterhosen. Einige falten die Hände und legen sie schützend vor ihre Leiber, viele schließen die Augen, flüstern die ersten Worte des „Vater unser“.

Einer der Männer singt die Internationale: „Völker hört die Signale, auf zum letzten Gefecht. Die Internationale erkämpft das Menschenrecht."

Wieder andere schauen trotzig in die Gewehrmündungen, entschlossen für ihre gute Sache zu sterben. Das Exekutionskommando hebt die Gewehre.

Wie zum Hohn teilen sich die Morgennebel und lassen die höher gekletterte Sonne durchscheinen. Alles bekommt Kontur. Nachbarn stehen Nachbarn gegenüber, rot gegen schwarz, die einen werden gleich für immer schweigen, die anderen werden ebenfalls schweigen – erkannt als Verräter, als Brudermörder. Sie haben mit Hitlerdeutschland paktiert, sind mit dem Teufel im Bunde.

Schüsse zerreißen die Stille. Die Tore des Schweigens sind geöffnet. Die Toten werden von den Lebenden mit heimischer Erde bedeckt.

Dann ziehen die schwarzen Gestalten bergab. Nur dann und wann blitzt das frühe Sonnenlicht in den Gürtelschnallen und Uniformknöpfen auf und in den Wipfeln der Zypressen. Kein Vogel singt.

Die Welt presst den Finger vor den Mund.

Die Schützen nehmen ihr Schweigen mit zum Dorf hinunter. Das Leben geht weiter, als sei das Geschehene nicht geschehen.

Salvatore Longo, den Bürgermeister, Schankwirt und Anführer der Schwarzhemden, wird man von nun an nicht mehr lachen hören. Von nun an stumpft sein früher so lebenslustiger Blick mehr und mehr ab.

„Assassino!" – das Wort schmerzt ihn wie eine klaffende Wunde über seinem Herzen.

Salvatore, so kann man sagen, wird im wahrsten Sinne des Wortes seines Lebens nicht mehr froh. Aber zur Rechenschaft werden weder er noch irgendein anderer der Täter später jemals gezogen.

Schweigen legt sich über die Seelen der Täter, aber im Verborgenen wird die Tat weiterleben, verscharrt, aber ungesagt weitergegeben bis ins vierte Glied, als verdrängte Schuld den nächsten Generationen vererbt. Etwas von dem, was dort geschah, in ganz Europa geschah, wird millionenfach wiederkehren, vielleicht in anderer Gestalt.

Zurück im Dorf, macht Salvatore Meldung gegenüber der SS: „Strafbefehl vollstreckt, Spuren beseitigt!“

2.

Den Vulkan Villarrica in Mittelchile bedeckt eine mächtige Schneekuppe. Oft ist er von Wolken verhangen. An wenigen klaren Sonnentagen steigt aus seinem Schlund eine feine Rauchsäule. Sie deutet an, dass der Vulkan noch längst nicht erloschen ist. Der Villarrica ist der heilige Berg der Mapuche-Indianer. Zu Zeiten der Konquistadoren galten sie lange als unbesiegbar, weil sie den Spaniern nicht in offener Schlacht gegenübertraten, sondern sich der militärischen Übermacht als Guerillakämpfer erwehrten. So konnten sie sich bis heute ihre relative Unabhängigkeit erhalten, und sie leben noch immer in ihren kleinen Dörfern in der Ebene unterhalb des Vulkans. Europäer sind hier selten und dennoch kann es passieren, dass dem deutschen Touristen ein handgemaltes Pappschild förmlich in die Augen springt: Selbstgebackener Apfelstrudel aus Alemania.

Wie bloß hat sich das appetitliche deutsche Wort Apfelstrudel hierher verirren können, wer hat es über den Atlantik, quer durch Argentinien und hoch über die Anden gelockt, und wer backt hier Süßes aus der Heimat?

Kam es etwa, dem Inkapfad folgend, durch Mittelamerika, Bolivien und Peru, quer durch die Atacama-Salzwüste, durch die Halbwüste immer dem Asphaltband der Panamericana folgend bis zu dieser regenreichen Stadt in Mittelchile, wo Pablo Neruda geboren wurde?

In der Salzwüste, dem erstarrten Silbermeer, wachsen keine Schatten. Der Blick hat keinen Halt mehr, er wandert von den schuppigen Ebenen zu den hohen Bergketten und Vulkanen.

Der Atem klemmt im trockenen Mund. Hier hat die Einsamkeit ein Zuhause. Die optischen Eindrücke der kontrastreichen Natur lassen den Betrachter überwältigt verstummen.

Geiziges Land. Hier ist der Schatten so wertvoll wie das Gold, nach dem die Eroberer vergeblich suchten. Hoch oben kreisen Greifvögel, Besitzer stolzer Schwingen, und warten auf Leben, das sich aus der Deckung kargen Grases und stachliger Disteln wagt.

Oder kam das Wort Apfelstrudel durch den Urwald, diese grüne Wand aus Ästen, Lianen, umgestürzten, toten Bäumen, aus Moos, Unterholz und trübem Licht. Kein Pfad, keine Lichtung, nur urzeitliches Gewucher.

Wenn man dort wäre, wünschte man sich einen freien Platz, eine Atempause in all dem Chaos des Wachsens und Wucherns.

Es gab zwei Wellen von Einwanderern nach Chile. Eine erste klare, helle Welle, bestehend aus einem Heer von Arbeitssuchenden, sie kam mit Schiffen und landete in Antofagasta. Es waren Arbeiter und Ingenieure aus Europa, die bereit waren, in den Kupferminen im Norden Chiles Schweiß und Blut zu verlieren. Die zweite Welle, fast ein halbes Jahrhundert später, war hingegen schmutzig braun. Sie setzte sich zusammen aus Nazis: Mitläufern, Schreibtischtätern, Elitemördern aus Hitlerdeutschland, all denjenigen, die der verdienten Strafe für ihre Verbrechen entgehen wollten.

Sie kamen nach Chile, weil sie von dort nicht nach Deutschland ausgeliefert wurden. Besonderen Schutz fanden sie vor allem in der Colonia Dignidad, einer christlichen Glaubensgemeinschaft, die aus Deutschland ausgewandert war.

In Mittelchile hatte die Colonia Dignidad große Ländereien

erworben, landwirtschaftliche Betriebe und Werkstätten und ein Krankenhaus eröffnet. Das brachte der Region Arbeit und einen wirtschaftlichen Aufschwung, weshalb die Organisation bei der Bevölkerung beliebt war. Die Gemeinschaft war nach dem Führerprinzip straff durchorganisiert. Der Zaun, der das riesige Gelände umschloss, hielt nicht nur Eindringlinge ab, sondern auch aus der Gemeinschaft drang nichts nach außen. Der Sektenführer Schäfer herrschte mit uneingeschränkter Autorität und schuf eigene Gesetze. Strafen waren an der Tagesordnung, die Führung bildete sogar eigene Folterer aus. Eine solche Struktur zog natürlich alte Nazis an. Hier waren sie willkommen und vor Verfolgung geschützt.

Selbstgebackener Apfelstrudel, nein danke, keinen Appetit, dann lieber ein paar fettige amerikanische Doughnuts im Starbucks in Santiago essen.

Nach dem Militärputsch durch Pinochet im Jahre 1973 verschwanden viele tausend Anhänger der demokratisch gewählten Regierung von Salvador Allende in den Gefängnissen der Junta: Kommunisten, Sozialisten, Studenten, Intellektuelle – für immer oder für lange Zeit. Auch nach dem Ende der Pinochet-Diktatur kamen viele der Verbrecher ungeschoren davon, vielleicht essen sie noch heute selbstgebackenen Apfelstrudel und leben als angesehene Bürger in Chile.

3.

Alles begann mit Sültemeyers Schweinen. Die Biester ließen sich nicht auf die Weide treiben, sondern stocherten mitten auf dem Weg mit ihren Rüsseln im Schlamm herum und leckten die Steine ab. „Düwel auch“, Sültemeyers Säue hatten eine Solequelle erschnüffelt: Damit begann die Geschichte des Kurortes Bad Oeynhausen vom Schweinestall zur Wandelhalle.

Entscheidend für die Gründung von Bad und Stadt waren

die um 1745 von Sültemeyers Schweinen entdeckten Solevorkommen. Diese Entdeckung beruhte eigentlich auf einem Irrtum. Als der Berghauptmann Carl von Oeynhausen (1795–1865) auf dem Gelände des heutigen Kurparks mit Bohrungen begann, hoffte er, Steinsalzvorkommen zu finden. Stattdessen stieß er aber nach 15-jähriger Arbeit im tiefsten Bohrloch Europas auf eine Thermalsolequelle. Das war 1845.

Schwein gehabt!

Der Kurpark wurde zwischen 1851 und 1853 nach Plänen von Peter Joseph Lenné, dem bedeutendsten Gartenbaumeister seiner Zeit, als Landschaftspark angelegt und beständig erweitert. Er ist gedacht zur landschaftlichen Unterstützung der Erholung der Badegäste und ein Ort behäbiger Bedächtigkeit.

Er gehört tags den Erholung suchenden Kurgästen und scheuen Liebenden sowie allerlei Kleintieren in der Dämmerung und zur Nacht.

Obwohl, auch unter den Badegästen gibt es so manch eine Nachteule, die dem bisweilen strengen Zeitreglement der Kliniken entflieht, um sich in die beschützenden Arme eines Kurschattens oder in andere nicht gerade ungefährliche Situationen zu begeben.

Von lauwarmem Dinkelbrei allein kann man in der Tat auch nicht gerade umfassend satt werden, er ist grau, schleimig und ziemlich wenig aufregend.

4.

Dr. Rainer W. Sauer muss immer wieder schmunzeln, wenn er an die Anfänge Bad Oeynhausens denkt. Ohne die Schweine hätte es auch ihn, den Psychologen, letztendlich nicht in den Kurort verschlagen. Schon seit zwanzig Jahren arbeitet er in einer der Kliniken am Kurpark.

Sonntags gibt es keine Anwendungen und keine Therapie.

Trotzdem hält es ihn nicht im Bett. Auch heute steht er um sieben Uhr auf und bemüht sich, seine Frau Marianne nicht zu wecken. Sie ist ebenfalls Psychologin und hat eine eigene Praxis. Auch wenn sie länger schläft, bereitet Sauer ein Frühstück für zwei. Der Kaffee kommt in die Thermoskanne und das Fünf-Minuten-Ei in den Eierwärmer. Die beiden haben eine unausgesprochene Abmachung: er, der Frühaufsteher, kümmert sich ums Frühstück, sie, die sonntags gerne länger schläft, ums Abendessen.

Obwohl er heute nicht arbeiten muss, drängt es Sauer doch in die Klinik. In der Garage hievt er sich aus seinem Rollstuhl auf den Fahrersitz seines Saab. Um diese Uhrzeit begegnen ihm noch keine anderen Fahrzeuge. In der Tiefgarage der Klinik steht sein zweiter Rollstuhl neben seinem Parkplatz bereit. Zügig rollt er zum Lift und fährt in den dritten Stock, schließt seinen Raum auf und eilt an den Schreibtisch.

Was ihn beunruhigt, ist der Zustand seiner Patientin Greta Canossa. Sie leidet seit Jahren unter heftigen Panikattacken, die inzwischen so schlimm sind, dass sie tagsüber kaum noch allein das Haus verlassen kann. Und nachts kann sie, selbst in Begleitung, nicht vor die Tür treten.

Seit drei Wochen ist sie nun seine Patientin in der Psychosomatischen Abteilung einer Kurklinik in Bad Oeynhausen und ihn beschäftigt, dass er Greta Canossa bisher noch nicht wirklich helfen konnte. Sämtliche Therapieansätze, ob Konfrontation oder Entspannungstraining, haben versagt. Er fühlt sich hilflos. Ist er zu ungeduldig, war er zu routiniert vorgegangen? Was hat er übersehen? Warum erreicht er seine Patientin nicht, weshalb kann er ihre Angst noch nicht einmal ein wenig mildern? Ihr Problem muss viel tiefer liegen als bei den meisten anderen seiner Kurpatienten.

Noch weiß er zu wenig über sie. Welche Verletzungen, welche Brüche gab es in ihrem Leben? Er braucht mehr Zeit, aber das wird schwierig werden.

Die Krankenkassen genehmigen in den letzten Jahren immer seltener längere Klinikaufenthalte mit umfangreichen Behandlungen. Man setzt auf Kurzzeittherapien mit schnellen Erfolgen. Die Patienten sollen rasch wieder ins Berufsleben eingegliedert werden und so funktionieren wie zuvor. Oft aber halten diese Erfolge nicht lange an und die Symptome treten erneut auf. Drehtür-Therapie, denkt Sauer deprimiert. Eine gewisse Hilfe ist es jedoch oft, die Patienten zu ermutigen, den Wert ihrer Arbeit nicht zu hoch anzusetzen, sondern gezielt neue und alte Leidenschaften zu entwickeln, was sie unabhängiger vom Erfolg im Beruf werden lässt.

Unter der Woche ist der Therapietrakt der Klinik ein lebendiger Ort. Heute am Sonntagmorgen aber sind die Gänge leer, viele der Räume verschlossen und Sauers Ohnmacht wird greifbarer, er spürt, dass seine Arbeit auch eine gewisse Isolation beinhaltet.

Ihm ist kalt, obwohl die Raumtemperatur stimmt. Ein seltenes Gefühl von Verlorenheit überfällt ihn.

Ohne Brüche ist auch mein Leben nicht verlaufen, denkt er, das habe ich mit vielen meiner Patienten gemein.

Auch seine unbegründete Angst kommt nicht von außen, sondern von innen. Manchmal sind die Anlässe, die sie auslösen, unscheinbar und für Außenstehende befremdlich, lächerlich oder banal. In meinem Leben bin ich mir ja selbst nicht immer klar, wo ich gerade bin, weshalb ich dieses oder jenes mache, denkt er.

Wie ist das zum Beispiel mit meiner langjährigen Ehefrau Marianne? Ich mache das Frühstück, sie das Abendessen und was haben wir uns zu sagen? Wir haben keine Erdbeermarmelade mehr, willst du Aufschnitt zum Abendbrot oder Käse? Wie lange soll das noch so weitergehen? Was ist, wenn wir uns trennen? Bleibe ich nur bei ihr, weil ich im Rollstuhl sitze und ohne Hilfe manches nicht schaffen könnte, abhängig würde von fremden Händen? Würde ich es alleine schaffen? Ich bin ja auch nicht mehr der Jüngste. Was ist, wenn ich abbaue? Manchmal lasse ich die Ängste und Schwierigkeiten meiner Patienten einfach zu nah an mich heran! Psychologen können ihren Patienten auch nicht immer helfen, von sich selbst ganz zu schweigen.

Er gibt sich einen Ruck und entscheidet sich, wieder nach Hause zu fahren, vielleicht sollte ich mich heute meiner Leidenschaft Lesen und Schreiben widmen.

Allein in der leeren Klinik zu arbeiten bringt ihn im Fall Canossa kein Stück weiter. Er muss an die Luft, und rollt aus seinem Büro.

5.

Kurt Mielke ist seit zwanzig Jahren hauptberuflicher Kurschatten. Er versteht sein Geschäft. Schon seine Wohnung ist strategisch gewählt, er lebt im zweiten Stock eines Jugendstilhauses direkt am Kurpark.

Hinter den Gardinen des Wohnzimmerfensters ist sein Ausguck. Mit dem Fernglas verfolgt er Frauen, die alleine im Park spazieren gehen. Die Kleidung lässt Rückschlüsse auf das Portemonnaie der Damen zu. Wichtig ist auch, wie gepflegt die Frauen auftreten: Sind die Hände manikürt, haben sie eine billige Dauerwelle oder einen individuellen Haarschnitt? Auch wie sie sich bewegen, ist wichtig: Halten sie sich aufrecht und selbstbewusst oder hängen ihre Schultern, gehen sie zaghaft und zurückhaltend, unscheinbar?

Heute Morgen ist noch nicht viel los im Park. Es ist noch zu früh. Kurt Mielke legt das Fernglas zur Seite und tunkt widerwillig einen Zwieback in eine Tasse lauwarmen Kamillentee. Die verdammte Schleimhautentzündung! Seit Wochen wird er sie nicht los. Zwieback und Knäckebrot hängen ihm schon zum Hals heraus. Drei Kilo hat er abgenommen. Kann eigentlich nicht schaden bei seinem Beruf. Aber das Jagdfieber hat auch gelitten. Eigentlich macht ihm die Pirsch auf Frauen in der Kur schon seit längerer Zeit keinen richtigen Spaß mehr. Das liegt nicht nur an der Magenschleimhautentzündung. Es ist die Routine. Irgendwann ist einfach kein Feuer mehr da. Immer den tollen Hecht spielen ist auch nicht das Wahre! Die Weiber sind ganz schön anstrengend. Den ganzen Tag muss man sie hofieren, bequatschen, bei Laune halten, Süßholz raspeln und nachts in der Kiste immer Gewehr parat! Die wollen doch alle nur ein schnelles Abenteuer!

Er lacht grimmig: Eigentlich sollten mich die Krankenkassen bezahlen und in ihren Leistungskatalog aufnehmen. Ich sorge doch auch für den Kurerfolg! Ich bin der perfekte Kurschatten, ich folge jedem blonden oder brünetten Geld und diese Damen merken es nicht einmal oder doch, aber dann wird die Jagd besonders aufregend, ha!

Er betrachtet seine großen Hände. In seiner Jugend hat er Handball gespielt. Er war in mehreren Vereinen, nirgendwo hat er es lange ausgehalten. Trotz seines Talents wurde deshalb nichts aus einer Spielerkarriere. Immer wieder eckte er bei den Trainern oder den anderen Spielern an. Die meisten sah er als Konkurrenten. Später merkte er, dass ein Mannschaftssport sowieso das Falsche für ihn war. Er war und blieb ein Einzelkämpfer.

Kämpfen musste er schon als kleiner Junge. Papa gab es nicht, aber gegen die vielen fiesen Onkels musste er sich wehren. Die kamen und gingen, lange geblieben ist keiner, aber dann hatte er seine Mutter wieder für sich, wenigstens so lange, bis der nächste kam. Nur mit Onkel Lothar verstand er sich besser. Anfangs war seine Mutter auch von Lothar begeistert gewesen, aber es hatte nicht lange gedauert, bis sie ihn einen Schlappschwanz nannte. Das konnte Kurt überhaupt nicht verstehen, denn Onkel Lothar kümmerte sich um sie beide. Wenn seine Mutter betrunken war, und das kam öfter vor, brachte Onkel Lothar erst sie und dann ihn ins Bett und las ihm vor, aus Büchern wie Moby Dick, Robinson Crusoe, Die Schatzinsel oder Die drei Fragezeichen.

Am nächsten Morgen weckte ihn Onkel Lothar, machte ihm Frühstück und brachte ihn zur Schule, während seine Mutter noch im Bett lag und schnarchte. Das Schlafzimmer stank nach Schnaps. Erst wenn Kurt mittags nach Hause kam, quälte sie sich aus dem Bett. Und während er das Essen aß, das Onkel Lothar für ihn gekocht hatte, brütete sie mit Schädelbrummen vor sich hin. Manchmal machte sie sich auch lustig darüber, dass Onkel Lothar die Hausfrau spielte.

Einmal wachte Kurt nachts auf. Aus dem Wohnzimmer hörte er seine Mutter schreien: „Du Schlappschwanz. Was bist du denn für ein Kerl. Alles lässt du dir gefallen! Du Krücke ..."

Er kletterte aus dem Bett und schlich in den Flur. Die Wohnzimmertür stand auf. Seine Mutter fuchtelte mit den Armen in der Luft herum, in einer Hand das Schnapsglas. Lothar hockte im Sessel, mit hängenden Schultern und schwieg. Aber da war noch ein Mann im Zimmer, groß war er, größer als Onkel Lothar.

Kurt hat die Szene immer noch vor Augen: Der Mann holt aus und seine Hand klatscht der Mutter ins Gesicht. Sie schreit auf: „Lothar, tu doch was. Du hockst nur da und hältst das Maul!" Wieder saust die Hand nieder. Das geht doch nicht, denkt Kurt. Er muss etwas tun und läuft ins Wohnzimmer.

„Aufhören, hört auf damit!", schreit er und will seiner Mutter helfen. Der fremde Mann stößt ihn zurück. Kurt landet auf dem Sofa. Mutter kämpft mit dem Fremden, der ist so groß und türmt sich auf. Jetzt packt der seine Mutter an den Haaren und reißt ihr den Kopf herum. Sie stolpern und fallen auf den Boden. Onkel Lothar bleibt im Sessel sitzen. Er sieht alles, aber er tut nichts. Die Mutter stößt den Mann zurück, der torkelt und stürzt ins Fenster. Glas splittert, der Mann blutet am Arm. Mutter rennt in die Küche, holt ein Tuch, der Mann geht ihr nach, sie verbindet ihm den Arm. Dann sitzen die beiden am Küchentisch. Sie reden, streiten wieder, erst laut, dann leiser, sie trinken Bier und Schnaps, küssen sich. Kurt schleicht in sein Zimmer … Onkel Lothar bleibt allein im Wohnzimmer und rührt sich nicht.

Der Mensch gewöhnt sich an vieles, denkt Mielke. Geweint hat er von da an nicht mehr. Aber es ist nicht wahr, dass die Zeit alle Wunden heilt.

Einmal hat er aber doch noch geweint, auf Onkel Lothars Beerdigung, da war er gerade zehn Jahre alt geworden, hatte mit dem Weinen gewartet, bis die wenigen Trauergäste fort waren.

Kurt Mielke wischt sich schnell die Erinnerung aus dem Gesicht. Es ist ein Gesicht, das Frauen mittleren Alters mögen. Da ist noch immer etwas Jungenhaftes um seine Augen, nur der Mund ist ungewöhnlich schmal. Er setzt das Fernglas erneut vor Augen und lässt seine Blicke durch den Kurpark spazieren.

Er muss sein Feuer wieder entfachen, aber was genau das geeignete Brennmaterial dafür sein könnte, das es zum Lodern bringt, weiß er noch nicht. Öl ins Feuer!, sagt er sich. Kein Schlappschwanz sein wie Onkel Lothar.

Eigentlich kann er sich gut beherrschen, vielleicht zu gut. Nur seitdem er diese Magenschmerzen, Blähungen und das Sodbrennen hat, fällt es ihm schwerer. Immer will er gleich dreinschlagen, wenn ihn etwas nervt.

„Alles nur psychosomatisch“, hatte sein Internist gesagt. Was hieß das nur, wenn er wochenlang nicht vom Klo runterkam und sich nur von Zwieback ernähren konnte? Und ob ihm der Psychologe helfen konnte, zu dem ihn sein Internist überwiesen hatte, war auch nicht sicher. Doktor Sauer hatte ihm ein paar Termine angeboten in seiner Privatpraxis, für nur 60 Euro die Stunde, nur um zu quatschen. Da war er dann hingelatscht, einmal in der Woche – bis er glaubte, genug gelabert zu haben.

Reinste Geldverschwendung, die Scheine hätte er auch gleich verbrennen können, dann wäre es wenigstens warm geworden. Obwohl, verständnisvoll war der schon gewesen, aber kein richtiger Kerl, dazu noch ein Krüppel ... mit einer verdammt frechen Schnauze. Der meinte damals doch glatt, er würde ihm nicht alles sagen, würde bewusst etwas verschweigen! Der hat ihn aber nicht wieder gesehen. Verschweigen, so ein Quatsch!

Ach, egal, lang ist es her, denkt er und nimmt ein paar von den netten Pillen gegen alles und jedes, die er am Bahnhof von einem Junkie gekauft hat. Nur noch zwei in dem Tütchen. Er muss für Nachschub sorgen. Kurt läuft zur Garderobe im Flur und zieht sein Portemonnaie aus der Jacke.

Alles, was ihm fehlt, sind ein paar flotte Dates mit diesen Ladies und ordentlich Mücken, es herrscht Ebbe im Portemonnaie!

Kurt tritt hinaus auf den Balkon, er fühlt wieder diese unheimlich starke Wut, tritt gegen das Geländer, dass es nur so scheppert, langt dann nach einer Zigarette. Er pafft nur ein paar Mal und schnippt die Kippe über die Brüstung.

Alles Scheiße, denkt er. Ich kann machen, was ich will, es wird doch immer alles nur ein einziger Mist, verflucht nochmal!

Was hatte dieser Psychoheini damals noch gesagt: „Was ist ihr Hass, woraus besteht er, was macht ihn aus, welche Gefühle, welche Gedanken, welche Empfindungen, und vor allem, mit welchen Erinnerungen ist er gepaart? Manchmal gibt es eine Nähe zur Liebe ..."

So ein Gesülze, denkt Mielke, Liebe, gepaart, dass ich nicht lache! Kinderkacke, Hass ist Hass und damit Schluss, Sense aus!

Er geht rasch ins Bad, kämmt sich die Haare, begutachtet seine makellosen Zähne im Spiegel, zieht eine Grimasse und nimmt sein Jackett vom Haken.

Dann öffnet er mit Schwung die Tür, poltert die Treppen hinunter, schnell, bloß keinen sehen von den Spießern, sind alles nur lahme Säcke mit dicken Weibern und quengeligen Kindern ... Wie ich alles hier hasse, denkt er, eines Tages bin ich raus aus diesem miefigen, langweiligen Höllenkaff, diesem Heilkurbademonster, alles nur Wichser, diese Soße aus Eitelkeit und Kurkonzert, Weiber mit ihren Unterleibsgeschichten und alte Säcke, die sich kaputt schreiben lassen wollen. Und ich bin so blöd und reiße mir den Arsch auf, nur damit es den Tusneldas besser geht, wie bescheuert bin ich eigentlich?!

Einen kurzen Moment überlegt er noch, ob das Wort Tusse von dem Germanenweib Tusnelda, der Gattin von Hermann dem Cherusker abstammt, jetzt, wo die Varusschlacht 9 n. Chr. in diesem Jahr 2000-jähriges Jubiläum hat. Man muss sich doch auf seine Wurzeln besinnen, oder?

Die Haustür fällt hinter ihm ins Schloss. Kurt macht sich auf in Richtung Bahnhof, ein kurzer Weg von zehn Minuten. Je näher er dem flachen Gebäude aus der Gründerzeit kommt, desto mehr Menschen sind mit ihm unterwegs. Fast nur ältere Männer in kurzärmeligen Hemden. Die Hundstage machen ihrem Namen alle Ehre. Schon jetzt um zehn ist es drückend warm.

Kurt pellt sich aus der Jacke und fragt sich, weshalb er sie überhaupt angezogen hat. Jetzt muss er ja noch keine von den Kurdamen beeindrucken.

Das Bahnhofsgebäude kommt in Sicht: Mickrige Provinzumsteige. So etwas nennt sich Bahnhof. Wie toll ist der Berliner Hauptbahnhof, denkt er, eines Tages bin ich da. Das ist ein Bahnhof, ein Glaspalast, von da aus kommt man in die ganze Welt. Von hier aus nur nach Löhne zum Umsteigen.

Der Kioskbetreiber steckt die Sonntagszeitungen in die Halterungen. Er unterhält sich mit zwei Schluckspechten, die bei ihm ihren ersten Doornkaat für heute gekauft haben. Die paar Junkies der Stadt sind noch nicht zu sehen, wahrscheinlich pennen sie noch in den Abbruchhäusern an der A30. Die trennt vierspurig die Stadt. Links und rechts Einkaufszentren, Tankstellen und vor sich hinkrebsende kleine Geschäfte. Eins nach dem anderen macht zu. Die Häuser lassen sich nicht mehr vermieten und stehen leer. Ganz anders als hier zwischen Kurpark und Bahnhof. Hier reiht sich in den Jugendstilhäusern ein Café ans andere; da eine Massagepraxis und dort ein Ärztezentrum mit Apotheke. Im Schaufenster turnt selbst heute, am Sonntagmorgen, der Ilja-Rogoff-Mann.

Kurt Mielke brummelt: „Meine Pillen krieg ich hier nicht. Aber vielleicht da vorne." Unter den Ebereschen, die die wenigen Bahnhofsparkplätze verschatten, schlendert Pillen-Ralf auf und ab.

Kurt überquert die Straße und nickt Ralf zu. Sie kennen sich seit Jahren.

„Na, Alter, schon so früh auf den Beinen?", Ralf grinst.

„Du doch auch. So früh bist du doch sonst noch nicht hier!"

„Ich hab nur auf dich gewartet. Du bist doch sonntags Stammkunde, immer nach der Kirche, was?", Ralf lacht meckernd.

„Ja, klar, hab gerade noch darum gebetet, dass du heute ein Sonderangebot hast."

„Knapp bei Kasse? Musst mal wieder 'ne Kurtante aufreißen, die was springen lässt!"

„Dafür brauch ich doch gerade deine Pillen. Denkst du, es macht Spaß, diese Weiber mit Übergewicht und Doppelkinn zu stemmen?"

„Was haste denn noch übrig?"

„Mehr als einen Fünfziger hab ich heute nicht!"

Pillen-Ralf greift wie beiläufig in seine Gesäßtasche und zieht ein Plastiktütchen heraus. Er drückt es Kurt Mielke in die Hand. Der Fünfziger wechselt den Besitzer.

„Weil du es bist. Wenn ich mehr solche Kunden hätte, könnte ich meinen Laden ja zumachen!"

„Du kannst doch über Kunden nicht klagen, dein Job ist ziemlich krisenfest.“ Mielke nickt Ralf kurz zu und wendet sich dann um in Richtung Kurpark.

6.

Greta Canossa liegt schon seit einer halben Stunde wach im Bett. Wieder eine durchwachte Nacht. Ein paar Mal ist sie eingenickt, aber jedes Mal warf sie ein Traum aus dem Schlaf. Immer derselbe Traum: Sie muss gehen. Sie kann nicht mehr, aber sie muss gehen. Vor ihr marschiert ein Mann. Schweißnass klebt ihm das Hemd am Rücken. Hinter ihr auch ein Mann. Und hinter dem noch einer. Ein ganzer Trupp. Sie mittendrin. Sie alle schleppen sich einen Hügel hinauf. Fahle Morgensonne. Keiner spricht, nur das Geräusch der Tritte auf der staubigen Straße.

Sie bekommt keine Luft mehr. Es ist, als ob eine Hand ihr Herz umklammert. Die Hand drückt zu ... jedes Mal schreit sie sich selber wach. Dann sitzt sie in der Dunkelheit ihres Zimmers und hofft, dass sie die Nachbarin nicht geweckt hat. Einmal hat Frau Knesebeck vom Zimmer nebenan sogar bei ihr geklopft und erschrocken nachgefragt, ob sie Hilfe holen solle. Das ist ihr peinlich gewesen.

Warum hört das nicht auf, fragt sie sich immer wieder. Das geht jetzt schon seit zwei Jahren so. Anfangs kam der Traum noch selten. Wenn sie dann mit ihrem Schrei auch ihren Mann weckte, tröstete er sie in den Nächten. Aber das half nicht immer. Der Traum kam häufiger. Dr. Schlesinger, ihre Hausärztin, verschrieb ihr Beruhigungsmittel. Die halfen überhaupt nicht. Es war fast, als käme der Traum gerade deswegen immer öfter. Sie wollte nicht mehr schlafen. Einfach nicht mehr schlafen. Sie kämpfte jeden Abend gegen die Müdigkeit, bis sie so schlapp wurde, dass sie doch ins Bett ging. Da lag sie dann noch lange wach und lauschte auf den ruhigen Atem von Pietro, bis ihr irgendwann, völlig erschöpft, die Augen zufielen.

Aber die Angst und der Traum hielten sie immer fester im Griff. Dr. Schlesinger überwies sie zu einer ihr bekannten Psychiaterin. Die verschrieb ihr ein starkes Beruhigungsmittel. Das half für ein paar Tage, aber dann kam der Traum zurück.

Nach den Traumnächten schleppte sie sich durch die Tage. Immer öfter ließ sie ihren Mann alleine in die Firma fahren. „Ich komme später nach", sagte sie ihm dann. Oft saß sie noch um zwölf am Küchentisch über einer kalt gewordenen Tasse Kaffee. Beinahe wäre im letzten Jahr der Termin für die Fertigstellung der Frühjahrskollektion geplatzt. Sie konnte nicht mehr arbeiten, ihr fiel nichts mehr ein. Schließlich musste sie Elke Frieling einstellen, eine talentierte, junge Designerin, die ihre Entwürfe ausarbeitete. Im folgenden Jahr übernahm Elke ihren Job als Chefdesignerin von Canossa. Greta konnte nur noch zusehen, wie ihre Nachfolgerin eine brillante Kollektion nach der anderen entwarf. Zehn Jahre lang hatte sie mit ihren eigenen Entwürfen Canossa zu einer der führenden Firmen für Damenmode gemacht. Jetzt lief der Betrieb auch ohne sie. War sie schon mit sechsundvierzig verbraucht? Zu den Träumen kam jetzt auch noch das Gefühl, nicht mehr gebraucht zu werden. Kaum noch verließ sie tagsüber das Haus und abends schon gar nicht. Die Dunkelheit war zu bedrückend. Es war ein Wunder, dass Pietro es so lange mit ihr aushielt. Aber irgendwann wusste auch er keinen Rat mehr. Gemeinsam mit Dr. Schlesinger und der Psychiaterin drängte er sie zu einem stationären Aufenthalt in der Klinik in Bad Oeynhausen.

Täglich ging sie dort zu Dr. Sauer zu Einzelgesprächen, hatte Gruppentherapien mit anderen Angstpatienten, Meditationskurse, Entspannungsmassagen und morgens noch vor dem Frühstück Tai Chi im Kurpark. Aber nach drei anstrengenden Wochen fühlte sie sich nicht besser, denn der Alptraum ließ sie nicht los.

Eigentlich sollte sie jetzt endlich aufstehen, sich anziehen und zum Frühstück in den Speisesaal hinuntergehen. Aber sie bleibt auf der Bettkante sitzen. Es ist, als hätte die Hand um ihr Herz den Griff noch nicht gelockert.

Sie macht doch alles mit, was Sauer ihr rät und vorschlägt. Sich der Angst stellen, sagt der und hat gut reden. Sie hat jetzt schon Angst, dass die Nächte wieder länger werden, wenn der Herbst kommt ... Aber was sind das bloß für Bilder, wohin muss sie da eigentlich gehen? Und was sind das für Leute, die mit ihr laufen müssen? Und wohin?

Jeden Morgen das gleiche Gedankenkarussell. Vielleicht hat Dr. Sauer doch recht, wenn er sagt, sie könne noch so viele Meditationsseminare mitmachen oder alle möglichen Pillensorten ausprobieren, an die Ursache käme sie damit nicht heran. Doch es fällt ihr sehr schwer, einem Fremden ihr Leben zu erzählen. Wer weiß, was da alles verborgen liegt.

Ihr Blick fällt auf ihren Reisewecker. Schon halb zehn. Wenn sie sich jetzt nicht beeilt, gibt es heute kein Frühstück mehr.

Eigentlich würde sie gerne noch auf ihrem Zimmer bleiben, und frühstücken könnte sie auch noch bis um eins, im Café am Kurpark. Aber Dr. Sauer hat ihr geraten, wenigstens die Mahlzeiten mit den anderen Patienten einzunehmen, damit sie sich nicht völlig isoliere. Langsam erhebt sie sich und geht ins Bad.

Kaum wagt sie es, in den Spiegel zu sehen. Sie weiß, dort blickt ihr ein erschöpftes Gesicht entgegen. Traurige Mundwinkel, Ringe unter den Augen. Eigentlich passt das frische Blau ihres Nachthemdes nicht zu diesem Ausdruck. Sie zieht den Träger von der rechten Schulter und spürt den Seidenstoff zwischen ihren Fingern. Ihre eigene Kreation, gar nicht mal so schlecht. Was würde sie darum geben, wenn sie wieder neue Entwürfe machen könnte.

Das Nachthemd gleitet an ihrem Körper hinab zu Boden. Das Gesicht, na ja, kein Wunder nach diesen zwei Jahren, aber der Busen geht noch.

Sie verschränkt die Arme vor der Brust.

Seit Tagen begegnet sie im Kurpark einem Mann, der sie unverwandt anschaut und lächelt, fast so, als wolle er sie mit Blicken ausziehen. Sie schüttelt den Kopf. Das Letzte, was sie jetzt brauchen könnte, ist ein Kurschatten.

Sie öffnet die Glastür zur Dusche. Die ersten Wasserstrahlen sind noch kalt und sie erschrickt, fast so wie gestern, als sich auf dem Klinikflur eine Tür öffnete und ihr ein Mann in den Weg trat. Armin Langer, dachte sie, das ist doch Armin Langer. Noch immer so blond und gut gebaut wie damals, als sie ihm zum ersten Mal in seinem Büro der Hamburg-Münchener Krankenkasse begegnete. Er war ihr lange nicht aus dem Sinn gegangen. Nicht, dass er ihrer Ehe hätte gefährlich werden können. In der Modebranche war sie natürlich ständig attraktiven Männern begegnet, aber die meisten davon waren schwul. Doch dieser Armin Langer war das, was man wohl ein richtiges Mannsbild nannte. Aber nein, der Mann, der ihr in den Weg trat, konnte nicht Armin Langer sein, auch wenn er ihm fast aufs Haar glich. Dieser Mann trug einen Arztkittel, der gehörte zum Klinikpersonal.

Greta dreht die Dusche ab und zieht ein Handtuch vom Wärmehalter an der Wand. Sie hat länger unter der Dusche gestanden als es ihr vorkam. Der Spiegel ist völlig beschlagen. Jetzt muss sie sich doch beeilen, um noch einigermaßen pünktlich zum Frühstück zu kommen. Wahrscheinlich sind die Aufbackbrötchen, die es sonntags immer gibt, schon längst verspeist. Aber sie hat sowieso kaum Appetit. Eine große Tasse Kaffee reicht aus.

Als sie den Fahrstuhl im Parterre verlässt und den Weg zum Speisesaal einschlägt, kommt ihr der Arzt von gestern wieder entgegen. Sie nicken einander zu, sie erhascht einen Blick auf sein Namensschild: Dr. A. Lüttgenotto. Und schon sind sie aneinander vorbei. Nein wirklich, sie muss sich vertan haben. Die Ähnlichkeit ist zwar frappierend, aber das kann nicht

Armin Langer sein. Greta Canossa öffnet die Glastür zum Speisesaal.

Die meisten ihrer Mitpatienten haben ihr Frühstück bereits beendet. Nur noch einige Nachzügler, wie sie selbst, sitzen vereinzelt an den Tischen. Das Büffet wird von der Küchenhilfe nicht mehr nachgefüllt. Der Kaffee, den sich Greta aus der Thermoskanne eingießt, ist auch nicht mehr richtig warm. Sie setzt sich mit ihrer Tasse an einen Zweiertisch nahe der Fensterfront zum Kurpark.

Inzwischen sind die Wege belebter. Aber es sind immer die gleichen Menschen, die sonntags auf den roten Kieswegen ihre Kreise ziehen, Patienten wie Greta Canossa. Die meisten älter als sie, die Frauen in weiten Röcken und Blusen, die Männer in Trevirahosen und kurzärmeligen Hemden von C&A. Das sind die AOK-Patienten, denkt Greta Canossa, wie sollten die auch von Mode eine Ahnung haben. Selbst Dr. Sauer war ja ein wenig verwundert, als sie ihm erzählte, dass sie Modedesignerin sei. So ganz passt sie nicht in diese Umgebung. Über die Kurdamen in den Cafés mit ihren Pepitakostümen und dem Bernsteinschmuck muss sie immer wieder lächeln. Und dann gibt es noch die Rentner mit ihren Rollatoren, die ihr auf den Fluren der Klinik entgegenkommen. Nein, sie ist eigentlich noch zu jung für eine Kur. Sie fühlt sich hier fremd.

Sie wird mit Pietro, bei ihrem üblichen Sonntagsanruf, über ihren Verdacht sprechen, davon, dass sie hier einen Arzt getroffen hat, bei dem sie sich fast sicher ist, dass der kein echter Doktor ist. Sie ist sich so gut wie sicher, aber ob ihr Mann sie verstehen wird? Selten genug, dass es mal etwas Neues zu berichten gibt. Nicht die übliche Leier.

Sie würde ihm so gerne von einer Besserung berichten. Aber es wird ja nicht besser. Und wieder fühlt sie sich schuldig für die Dauerbelastung, die sie Pietro zumutet. Er macht ihr keine Vorwürfe, aber in letzter Zeit hat sie zunehmend den Eindruck, dass er ungeduldiger wird. Kein Wunder, es gilt doch: in guten wie in schlechten Tagen, was aber, wenn es nur noch schlechte Tage gibt? Dr. Sauer hatte ihr schon einmal angeboten, ihren Mann zu einem der therapeutischen Einzelgespräche dazu zu bitten, aber sie hat dem bisher nicht zugestimmt und Dr. Sauer hatte auch nicht drauf bestanden. Frau Canossa wünscht sich manchmal, dass man sie an die Hand nimmt, wie ein kleines Mädchen. Ach, warum nur ist alles so schwer geworden, sie spürt das Leben wie Gitterstäbe, die sie gefangen halten …

Sie hatte Pietro vor bald zwanzig Jahren auf der Mailänder Modemesse kennengelernt. Als einzige ihres Ausbildungsjahrganges hatte sie eine Praktikumsstelle beim italienischen Modehersteller Armani ergattert. Ihre Kommilitoninnen waren grün vor Neid. Aber was wussten die denn, von wegen Glamour. Den ganzen Tag verbrachte sie auf dem Stand. Die Halle rauschte, Menschen drängten sich vorbei, die Luft war miserabel. Ein kommerzieller Bienenstock.

Pietro leitete den Nachbarstand. Er war schon mit 25 Jahren der deutschen Niederlassung einer Damenmodenfirma, die sein Vater nach dem Krieg in Mailand gegründet hatte.

Obwohl sie nur eine Praktikantin war, kamen sie schnell ins Gespräch. Er fragte sie nach ihren Entwürfen und sie gefielen ihm. Aber nicht nur die Entwürfe. Sechs Monate nach der Messe heirateten sie. So war sie von Armani in das westfälische Rietberg gekommen und arbeitete in der Firma ihres Mannes als Designerin. Bald hatte sie ihre eigene Linie: Canossa-Moda.

Ach, Mamma mia, ist das lange her, denkt Greta Canossa und fühlt sich plötzlich alt und irgendwie erschöpft.

7.

Bei ihrem abendlichen Anruf erzählt sie Pietro als erstes von ihrer Begegnung mit einem Arzt, der ihr sehr bekannt vorkomme, bei dem sie sich fast sicher sei, ihn aus einem ganz anderen Zusammenhang zu kennen, nämlich als Mitarbeiter ihrer Krankenkasse und sie äußert den Verdacht, dass sich dieser Mann unter falschem Namen einen Doktortitel erschlichen haben könnte. Sie ist sehr aufgeregt, als sie davon berichtet, fühlt sich lebendig, wie sich vielleicht eine Detektivin fühlen könnte, wenn sie sich der Lösung eines Falles ganz nahe wähnt.

„Stell dir das vor, da praktiziert jemand unter aller Augen, das wäre nicht das erste Mal, spaziert schamlos umher, hat vielleicht noch den einen oder anderen Erfolg, das ist doch ein Skandal, Pietro, was sagst du dazu?“

Das anschließende Schweigen verunsichert Frau Canossa so sehr, dass sie sich sofort wieder klein und unsicher fühlt. Sie denkt, dass sie unbedingt mit ihrem Therapeuten darüber sprechen sollte, ja muss. Der wird sie hoffentlich verstehen, denn ihr Mann versucht sie am Telefon zu beschwichtigen, indem er meint, dass ihr das doch egal sein könne, selbst wenn es so wäre. Sie sei doch nur noch ein paar Wochen in der Klinik, so ein kleiner Etikettenschwindel würde doch niemandem wehtun und sie gar nicht betreffen.

Da aber sagt Greta zornig: „Nein, Pietro, stell dir vor, jemand würde mit dem Namen deiner Firma Schindluder treiben und dann noch hohe Umsätze erzielen. Nein, Unrecht darf nicht noch belohnt werden! Wo kommen wir denn da hin, wenn alle so denken würden! Außerdem, du weißt, wie sehr mir die Wahrheitsfindung helfen könnte, das sagt mir doch mein Therapeut immer wieder, wenn mir etwas helfen kann, dann die Wahrheit. Dann könnte ich gesund werden, allein durch Anerkennung einer Schuld, da vertraue ich dem Doktor!

Und soll ich lügen? Und außerdem, wie soll ich dem Typen denn begegnen, der rennt mir doch dauernd vor die Nase!"

„Wie nennt sich denn dein fauler Doktor?"

„Lüttgenotto, und der ist oberfaul, Dr. Lüttgenotto, das steht auf jeden Fall auf dem Schildchen, das an seinem Kittel befestigt ist, Dr. A. Lüttgenotto. A Punkt, na, klingelt es bei dir?"

„A kann ja alles Mögliche heißen, von Anatol bis Armleuchter!" Pietro versucht mit einem Scherz seiner Frau zu helfen, doch sie bleibt bei ihrer Meinung, so dass Pietro schließlich sagt: „Ich melde mich heute Abend noch einmal bei dir und wenn du willst, komme ich auch noch auf ein Stündchen nach Bad Ö. hinüber, so weit ist es ja nicht!"

Greta ist, wie in der letzten Zeit so oft, nur schwer zu beruhigen, und so endet das Telefonat ohne ein für beide Seiten wirklich befriedigendes Gesprächsende.

Wir missverstehen einander immer mal wieder, denkt sie. Schade, vielleicht ein typisches Männer- und Frauenproblem?

8.

Die gruppentherapeutischen Gespräche und die sonstigen Aktivitäten in Gruppensettings finden in der „Abteilung für Psychosomatische Medizin", in einem großen weißen Raum im Parterre der Klinik am Kurpark statt, der in eine gepflegte Gartenanlage hinaussieht.

Hinter einer schmucken Rasenfläche erheben sich Bäume, stattliche Gesellen, mit dicken Stämmen und erhabenen Häuptern. Stünde man direkt vor ihnen, müsste man unweigerlich über die Kraft der Natur ins Staunen geraten. So aus der Distanz wirken sie mehr wie Begrenzungspunkte einer konstruierten Kulisse.

Es ist noch früh am Morgen, die Strahlen der Frühsonne

glitzern in den Tautröpfchen, die an den Gräsern wie Perlen aufgereiht sind. Im Raum verteilt stehen hölzerne Seminarstühle – solche, die langes Sitzen erschweren und damit verhindern, dass die Zuhörer einnicken. Es sind einfache stapelbare Stühle, die als stumme Zeugen der letzten Sitzung durch ihre Anordnung gruppendynamische Interpretationen geradezu herausfordern.

Dr. Rainer Sauer ist im Moment der einzige sprachfähige Zeuge im Seminarraum, er sitzt in seinem Rollstuhl in der Mitte und ärgert sich. Die Schwertfeger hat doch mal wieder nicht die Stühle wegräumen lassen, dabei steht das lang und breit zu lesen auf einem Merkzettel neben der Eingangstür, denkt er.

Der Therapeut schluckt den Ärger über seine Kollegin, die nach ihrer Arbeit den Gruppenraum, wie so oft, nicht wieder in einen unschuldigen Zustand verwandelt hat, aber er tut es mit gemischten Gefühlen. Seinen Ärger hinunterzuschlucken, ist, wie er weiß, auf die Dauer dysfunktional, aber was nützt es einem schon, das zu wissen?

Wie das nur kommt, denkt er, dass sich bestimmte Gefühle überall einmischen, was man auch gerade tut. Ob sie tiefer liegen, tief geschlagene Wunden, wie kann ich mir das vorstellen?

„Irgendwann geht Ihre Wunde zu, glauben Sie mir!“, hatte der Gefäßdoktor vor Jahren nach einer ausführlichen Inspektion seines linken Knöchels verlauten lassen, mit hochrotem Gesicht, ein schwergewichtiger Mann Mitte 50, wahrscheinlich Bluthochdruck.

„Konsequent wickeln!“, war sein Therapievorschlag. Ein weiterer Sargnagel für seine Ehe, wie Dr. Sauer heute vermutet. Erhöhte es doch seine Abhängigkeit, und das in einem Bereich, wo er seine Autonomie eigentlich immer – schon fast pathologisch – gefährdet sieht.

Gewickelter Sex?, denkt er und muss an die Kohlrouladen seiner Mutter denken.

Da beißt sich etwas schmerzlich. Ob sich seelische Wunden

auf Dauer wie körperliche verhalten, ob die seelischen Wunden im Kopf verbleiben? Durch seine Arbeit weiß Rainer Sauer aus Erfahrung, dass sich hinter manchen Gefühlen noch einmal andere verborgen halten. Angst kann vor Wut schützen, und Wut vor Trauer.

Eins weiß er sicher: Viel positiv erlebte Arbeit hilft und schützt davor, von Lebenstrauer überwältigt zu werden. Dieser Schutzmechanismus verhindert, dass man zu viel Zeit mit sich selbst verbringen muss.

9.

Während Dr. Sauer so über seine Situation nachdenkt, betritt die erste Patientin der nächsten Gruppentherapie den Raum. Sie ist eine fein gekleidete Dame um die 50, wie immer etwas zu früh, wie immer strahlend, eine Vorzeigepatientin. Auf dem Wege der Besserung, ein besonders geglücktes Beispiel für einen positiven Kureffekt, wie ihn die Werbebroschüre im Hochglanzformat allen Leidtragenden so gern verspricht.

Sauer beantwortet ihren Guten-Morgen-Gruß höflich lächelnd, seine verwirrte Gefühlslage wechselt zu professioneller Aufmerksamkeit.

„Bitte setzen Sie sich, Frau Aschemann", sagt er und deutet auf einen der leeren Stühle, „ich sitze schon!"

Die Dame belächelt milde seinen Dauerkalauer und folgt sogleich der Aufforderung. Beide warten schweigend auf die übrigen Patienten, acht insgesamt, die allmählich im Kurtempo eintreffend, die Plätze einnehmen, auf denen sie zu sitzen pflegen, und einen Stuhlkreis bilden, ein wenig wie beim CVJM-Bibelkreis.

Sauer begrüßt jeden einzelnen seiner Patienten mit Namen und einem Lächeln, als letzte Frau Canossa zusammen mit Herrn Hirschfeld, dem ältesten Gruppenteilnehmer. Es ist deutlich erkennbar, dass die Patienten außerhalb der Sitzungen mehr oder weniger intensive Kontakte untereinander pflegen, einige bringen noch ein Gespräch zu Ende, andere meiden sich eher, halten Distanz.

Als die Gruppe vollständig ist, sitzen außerdem in der Runde: ein hibbeliger ADHS-Patient, Jürgen Pauleickhoff, eine iranische Patientin, Lale Halil, die in der letzten Sitzung über ihre entführten Kinder gesprochen hat, ein depressiver Patient mit einem müden Pferdegesicht namens Franz Henkenjohann, Barbara Stükerjürgen, eine junge Patientin mit einer akuten posttraumatischen Belastungsstörung als Folgeerscheinung eines Verkehrsunfalls, sowie Regina Ottovordemgentschenfelde, die die Allerweltsdiagnose Anpassungsstörung gekoppelt mit Panikattacken erfüllt. Seit einigen Jahren wird sie von einem Extremstalker verfolgt, der nichts unversucht lässt, um zu ihr Kontakt herzustellen. Sie hat sogar schon erwogen, deshalb die Kleinstadt Melle zu verlassen.

„Aber so viel Macht will ich dem Arsch auch nicht geben!“, sagt sie trotzig – Ottovordemgentschenfelde sei einer der längsten ostwestfälischen Namen, meinte jemand zu Beginn der Gruppensitzung.

Dr. Sauer hat ihr in der Anfangssitzung vorgeschlagen, die ganze Sache sportlich zu sehen, ein Gedanke, der Frau Ottovordemgentschenfelde seitdem nicht mehr aus dem Kopf gegangen ist, auf jeden Fall hat er sie irgendwie gestärkt.

„Der wird sich noch umgucken, wenn der so weitermacht, wird er den ostwestfälischen alten Adel noch kennenlernen“, hatte sie unter dem Beifall der Gruppe erklärt.

Der größte positive Kureffekt entsteht wahrscheinlich durch die sich spontan bildenden Sozialkontakte der Leidensgenossen, nach dem Motto: Gemeinsames Leid ist geteiltes Leid, denkt Dr. Sauer und fühlt sich plötzlich ganz unwichtig, ein Gefühl, das vor Hochmut schützen hilft.

Dann bricht das berühmte Anfangsschweigen aus, Spannung wird aufgebaut, die Aufmerksamkeit geht von außen nach innen und Dr. Sauer bittet alle, sich zu vergegenwärtigen, wie jeder auf seinem Stuhl sitzt, wie sein Körpergefühl ist, welche Gedanken jeden beschäftigen und ob es Themen gibt, die so aktuell oder gar drängend sind, dass man sie äußern möchte. Nathan Hirschfeld, ein kämpferisch wirkender Patient über 80, berichtet von einer ärgerlichen nächtlichen Ruhestörung gegen 22 Uhr, jemand habe in der Nähe seines Zimmers lauthals gesungen.

„Vielleicht ein Ständchen zur Nacht?“, fragt Dr. Sauer noch leicht amüsiert, doch Herr Hirschfeld lässt sich durch die lockere Bemerkung nicht ablenken, sondern besteht darauf, es sei eine unerträgliche Störung gewesen und das Lied habe ihn zornig werden lassen, es sei nämlich „schweinisches Naziliedgut“ gewesen. Und obendrein noch falsch gesungen, „ich kann das beurteilen, ich war als Gesangslehrer tätig, bis ich in den verfrühten Ruhestand gegangen worden bin“.

„Und wie haben Sie reagiert, Herr Hirschfeld, als Sie sich das Gegröle anhören mussten“, fragt Dr. Sauer.

„Ich habe unser Lied gesungen, das Lied der Juden, die nach Israel wollten. Da war aber Stille!“, und Herr Hirschfeld hob an, mit seiner wohltönenden Stimme zu singen.

Dr. Sauer, dessen gruppentherapeutisches Credo lautet: Störungen haben immer Vorrang!, interpretiert den Wortgebrauch „worden bin“ als tendenzielle Opferhaltung. Herr Hirschfeld akzeptiert das zwar, will damit aber verbunden wissen, dass noch heute genug Täter frei und dreist herumlaufen, „die massive Ohrenschäden verursachen können“.

„Das grenzt für Sie an Körperverletzung“, sagt Dr. Sauer und Herr Hirschfeld nickt stumm.

Die Anwesenden wirken allesamt betroffen und Herr Hirschfeld, der damit sein Ziel erreicht hat, blickt trotzig in die Runde.

Die Mitpatienten erhalten nun auch die Gelegenheit, ihrerseits von ihren aktuellen Themen zu berichten. Herr Hirschfeld atmet tief durch und gerät zunächst aus dem Fokus der Runde.

Dr. Sauer ist bemüht, jedem der Patienten genügend Raum zum Reden zu geben, wobei er darauf achtet, jede Form von Bewertung des Gesagten zu vermeiden.

Ein Patient sagt, ihm sei die Geschichte von Frau Halil sehr nahe gegangen, nachdem sie zum ersten Mal über den Verlust ihrer zwei Kinder gesprochen habe. Er hätte die ganze Nacht nicht schlafen können. Ob denn Dr. Sauer gar keinen Lösungsvorschlag machen könne.

„Doch", sagt der Gefragte, „Frieden schließen. Wir wissen nicht, wo die Kinder heute leben wollen." Frau Halil solle versuchen, ihrem Mann, der ihre gemeinsamen Kinder vor fünf Jahren nach Persien entführt habe, die Hand zu reichen, damit er sie mit den Kindern besuchen könne.

„Es kann der Beste nicht in Frieden leben, wenn es dem bösen Nachbarn nicht gefällt", wirft Herr Hirschfeld ein.

Dr. Sauer sagt, er habe folgende Phantasie: „Eines schönen Tages ruft eine kluge Frau ihren Mann an, den Vater ihrer beiden verlorenen Kinder. Und sie teilt ihm mit: Ich habe mich entschieden, dass die Kinder im Iran bei dir bleiben, behüte sie gut und dann, wenn sie es wirklich wollen, dann sollen sie mich besuchen dürfen. Und du kannst dich mit an den Esstisch setzen. Es gibt auch einen Teller für dich und wir werden feiern, dass wir wieder zusammen sein dürfen. Der Kampf ist zu Ende." Er macht eine Pause und fährt fort: „Die Kapitulation schafft Platz für einen neuen Anfang. Niemand weiß, wie es konkret aussehen wird, nur eines scheint sicher: Ein Frieden hat begonnen. Es könnte ein kleiner, feiner Anfang sein, wie eine erste Frühlingsblume im eisigen Schnee. So mag uns diese Schicksalsgeschichte lehren, wir können, nein, wir sollten Frieden schließen wegen unserer Kinder, wegen Sheherezade und Sharif!"

Dann ist wieder Herr Hirschfeld dran, er spricht etwas länger über sein persönliches Unvermögen, den deutschen Tätern zu vergeben, er könne ihnen einfach nicht verzeihen, obwohl er es sich so sehr wünsche.

„Allein, wenn ich daran denke, dass es diese ewig Gestrigen heute wieder gibt, dass sie es wagen können, auf die Straße zu gehen und mit ihrem Gegröle unsere Ohren zu beleidigen! Und glaubt mir, dieses Gesocks lebt und wirkt mitten unter uns. Ihh, bah, ich könnte kotzen!“ Und der an sich so feine Herr Hirschfeld verzieht seinen Mund zu einem angewiderten Ausdruck.

Dann ergreift Dr. Sauer, Chef im Ring, erneut das Wort: „Ich schlage vor, dass wir heute mit einer sogenannten Familienaufstellung beginnen. Es ist für diese Gruppe eine Premiere und bekanntlich gehen die oft daneben. Aber Sie sind sich schon so vertraut, dass wir es wagen können.“

Schweigen!

Er fühlt die gespannte Aufmerksamkeit der Anwesenden und auch bei sich selbst eine erhöhte Konzentration. Alle schauen ihn an, reglos auf ihren Plätzen sitzend.

Die Außenwelt, der Park treten zurück und eine starke Ernsthaftigkeit dringt in den Raum ein.

Schweigen!

Dr. Sauer versucht die Stimmung etwas zu lockern, indem er seiner Stimme einen einladenden Beiklang verleiht. „Wer meldet sich freiwillig, Bühne frei, nur Mut, Mut hatte auch der Kleine Muck!“

„Wer ist das, der Kleine Muck?“, fragt Frau Canossa.

„Eine Kinderbuchfigur, wie Pinocchio, der sich übrigens von seinem Erschaffer unabhängig macht“, antwortet Herr Hirschfeld.

„Na gut“, meint sie, „Pinocchio mag ich, der war mit seiner Frechheit und langen Nase ein Held meiner Kindheit, das überzeugt mich, ich stelle meine Familie auf!“

Zunächst sucht Frau Canossa mit Hilfe von Dr. Sauer die

Protagonisten für ihre Ursprungsfamilie aus der Gruppe aus: Ihre Mutter, ihren Vater und ihren Großvater, der, obwohl schon über neunzig, immer noch rüstig sei.

Dann gebe es noch einen Bruder, drei Schwestern und viele Onkels. „Wir sind eine große Familie, sehr angesehen, aber alle aufzustellen ... da müssten wir, wenn alle dabei sein sollten, fast die gesamte Klinik einspannen. Ich beschränke mich mal auf den inneren Kern meiner Familie, Sie könnten meinen Vater darstellen“, sagt Frau Canossa zu Dr. Sauer.

„Nein“, wehrt der lächelnd ab, „ich darf hier nicht mitagieren, ich muss frei von einer familiären Rollenzuschreibung bleiben, man glaubt gar nicht, welch eine Kraft so eine Familiendynamik bekommen kann. Gut, wollen Sie es trotzdem machen, auch, wenn ich Sie hier in gewisser Weise im Stich lassen muss? Also Frau Canossa, wer kann Ihren Vater repräsentieren, was sagt er zu Ihnen, wo steht er im Raum, und führt er eine prägnante Bewegung aus?“

Frau Canossa wählt schnell und zielsicher aus. Dann stellt sie die von ihr bestimmten Mitpatienten im Raum auf und gibt jedem einen kurzen Text, begleitet von einer Körperbewegung oder Haltung.

Frau Aschemann spielt die Mutter und wiederholt den von Frau Canossa vorgegeben Text entsprechend mit erleichterter Stimme: „Greta, du bist weit weggegangen, du hast es richtig gemacht, aber es ist immer wieder schön, wenn du uns besuchen kommst!“ Dabei deutet sie eine Begrüßungsumarmung an.

Der Vater von Frau Canossa, repräsentiert von Herrn Henkenjohann, stellt sich neben seine Frau und sagt zu seiner Tochter mit einer stolzen Kopfbewegung nach oben: „Ich kann es dir nicht verzeihen, dass du nach Deutschland gegangen bist, und das mit diesem Schnösel!“

Der hochbetagte Großvater, gespielt von Herrn Hirschfeld, von Frau Canossa in die Mitte des Raumes gestellt, sagt mit leicht gesenktem Kopf: „Ich schweige lieber, ehe ich hier etwas Falsches sage!“

Die junge Frau Ottovordemgentschenfelde, die Frau Canossa als ihre Stellverteterin ausgesucht hat, sagt: „Ich fühle mich schuldig, obwohl ich doch nichts Schlimmes getan habe!“ Dabei zieht sie die Schultern hoch.

„Na ja, Ihr Vater ist da wohl ganz anderer Ansicht. Sie haben gegen seinen Willen Italien verlassen ...“, sagt Dr. Sauer, bemüht, es nicht wie einen Vorwurf klingen zu lassen.

„Wie geht es Ihnen in der Vaterrolle?“, fragt er Herrn Henkenjohann.

„Ich habe ambivalente Gefühle, obwohl ich eine klare Meinung vertrete“, sagt der Gefragte aus seiner Vaterrolle heraus, „mich stört allerdings gewaltig, dass meine Frau mir in den Rücken fällt, das stört mich wirklich!“

„Welche vorherrschenden Gefühle haben die anderen Mitspieler?“, fragt Dr. Sauer.

„Ich fühle Angst und bin ganz erstarrt, aber wenn meine Enkelin von meinem Sohn verbal einen drüber kriegt, löst sich etwas von der Starre und ich fühle mich erleichtert“, sagt Herr Hirschfeld.

„Wovor haben Sie Angst?“, fragt Dr. Sauer.

„Da muss ich raten. Vielleicht davor entdeckt zu werden?“, vermutet Herr Hirschfeld. „Wie ein Verbrecher, der etwas versteckt hält, vielleicht eine Schuld?“

„Sie sind der Großvater, Sie fühlen in Ihrer Rolle Angst, Sie schweigen lieber, als zu sprechen, Sie verbergen etwas, wie Sie assoziieren. Was ist das, was könnten Sie getan haben?“

„Ich bin doch Italiener, ich habe vielleicht am Krieg teilgenommen, zum Schießen war ich doch wohl alt genug oder ...“, Herr Hirschfeld bricht ab, Schweiß steht auf seiner Stirn, er sagt, es sei ihm nicht gut und setzt sich auf einen Stuhl.

Dr. Sauer rollt neben ihn und legt ihm eine Hand auf die Schulter, Herr Hirschfeld aber schüttelt die Zuwendung ab und sagt leise: „Es ist genug, es ist genug, ich will nicht mehr, das Spiel ist hier für mich zu Ende!“

Die anderen Teilnehmer stehen betroffen, reglos, die junge Frau, die Frau Canossa darstellt, legt die Hände vor ihr Gesicht und weint. Sie fühle sich weiterhin schuldig, auch die Mutter sei keine wirkliche Hilfe gewesen.

Frau Canossa, die am Rand sitzt, weint ebenfalls heftig, sie kann sich vor lauter Schluchzen kaum noch auf ihrem Stuhl halten.

„Ich will hier weg“, sagt sie und Frau Ottovordemgentschenfelde nickt: „Das ist auch mein Gefühl, bloß weg hier!“

Dr. Sauer bittet alle, sich zu setzen und in die Anfangsrunde zurückzukommen. Alle sind betroffen, das Schweigen erfasst auch die nicht direkt Beteiligten. Jeder beschreibt noch einmal seine Empfindungen in der Rolle und im Vergleich dazu im Jetzt.

Herr Hirschfeld sagt, er habe sich in der Rolle des Großvaters ganz eingeengt gefühlt, wie unter Anklage oder in Haft, nun sei er erledigt, aber er wolle noch sagen, dass sein Sohn ihm irgendwie geholfen habe, als der seine Enkelin beschuldigt habe.

„Ich habe zwar geweint“, sagt Frau Ottovordemgentschenfelde aus ihrer Rolle heraus, „habe mich dann aber beruhigt und jetzt ist da in mir eine riesige Wut. Klar, ich bin mit dem ‚Schnösel‘ abgehauen, aber es gab damals doch keine Arbeit dort, wo wir lebten. Was bilden sich diese Kerle eigentlich ein, die urteilen so herum, entlasten sich, aber das ist doch alles nur feige!“

Frau Canossa nickt und sagt leise, sie fühle sich von Frau Ottovordemgentschenfelde verstanden.

Die Mutter von Frau Canossa, Frau Aschemann, meint, sie sei froh, dass das Spiel endlich vorbei sei, fügt aber hinzu: „Da fehlt noch etwas, da ist etwas noch nicht erledigt!“

Frau Canossa gibt sich einen Ruck, setzt sich ganz gerade

hin und berichtet mit fester Stimme, dass sie seit langem den Verdacht hege, dass da etwas Schlimmes in ihrem italienischen Dorf passiert sei. „Die Leute tuscheln eben manchmal, machen Andeutungen, da war etwas, damals unter Mussolini, und mein Großvater soll dabei gewesen sein, ich wollte es lange Zeit nicht glauben, dann in Deutschland hatte ich andere Sorgen und hatte es komplett vergessen, aber jetzt, wo wir darüber sprechen und das Thema offen auf dem Tisch liegt ... ist ja vielleicht gut so!"

Dr. Sauer hört aufmerksam zu, er hat die Augen geschlossen, so dass er sich ganz auf sein Gefühl konzentrieren kann. Alle sind betroffen, die Zeitdauer der normalen Gruppensitzung ist mittlerweile schon weit überschritten, und so lösen sich die Teilnehmer schweren Herzens aus dem Bann der Situation, indem sie den Raum verlassen.

Dr. Sauer bittet die Teilnehmer noch um Stillschweigen und gibt den Ratschlag, die im Rollenspiel entstandenen und eventuell schwer erträglichen Gefühle im Raum zu lassen, auch wenn es schwer fällt. Er sei aber jederzeit ansprechbar.

Der weitere Arbeitstag von Dr. Sauer verläuft ziemlich unspektakulär. Er betreut eine Entspannungsgruppe, nimmt mittags in der Klinik-Kantine Kaffee und Brötchen zu sich, folgt etwas unkonzentriert einer Ärzte-Besprechung. Er spürt, dass er noch die ganze Zeit mit der Familienaufstellung beschäftigt ist. Um 17 Uhr erwartet er in seinem Büro Frau Canossa.

10.

Wie so oft vor einem wichtigen Termin hat Rainer Sauer das Gefühl, dass er für das kommende Gespräch nur unzureichend vorbereitet ist. Ihm fehlt die dazu notwendige Muße und auch eine hilfreiche Distanz. So kramt er ziellos auf seinem Schreibtisch umher, ordnet einige Papiere, blättert unschlüssig in einem Fortbildungsangebot einer anderen Klinik, setzt sich gerader in seinen Rollstuhl, als es an seiner Bürotür klopft.

„Bitte sehr, Frau Canossa, ich bin so weit, Sie können eintreten, wir haben jetzt eine Stunde Zeit."

Er wartet, bis seine Patientin die Tür hinter sich geschlossen hat, und entscheidet sich dafür, selbst die Initiative für den Gesprächsanfang und den Inhalt zu übernehmen: „Ich möchte Ihnen gleich zu Beginn unseres Gesprächs sagen, dass ich von der Gruppenarbeit von heute Morgen noch sehr beeindruckt bin und ich unserem Treffen jetzt fast entgegengefiebert habe. Was auch immer heute dabei herauskommen wird, es könnte ein Wendepunkt in unserer Arbeit sein." Pause. „Ich denke, mit anderen Worten, ich möchte gerne mit Ihnen über Ihre Familienaufstellung von heute Morgen reden. Sie haben angedeutet, dass es in Ihrem Heimatdorf ein Ereignis gegeben hat, in das Ihr Großvater verwickelt gewesen sein könnte, möchten Sie jetzt noch mehr darüber sagen?"

Frau Canossa nickt und sagt mit leiser, aber durchaus entschiedener Stimme: „Ja, in der Tat, da gibt es etwas, was mir zu schaffen macht."

11.

Frau Canossa setzt sich gerade hin, schließt die Augen, schluckt und sagt dann: „Als mein Großvater einmal sehr erkrankt war, es ist allerdings viele Jahre her, da hat er mich ins Vertrauen gezogen und mir davon berichtet, dass er damals auf der Seite von Nazi-Deutschland an einem Befehl zur Erschießung von Widerstandskämpfern aus dem Dorf maßgeblich beteiligt gewesen sei. Keiner hat je wieder darüber gesprochen, mein Großvater hat bis heute das Massaker verdrängt. Ich glaube, dass er dachte, er würde sterben, und er wollte wohl sein Gewissen erleichtern, das ist doch menschlich, oder?"

Dr. Sauer nickt, er ist beeindruckt von der Klarheit ihrer Worte und beide sitzen sich eine Zeit lang schweigend gegenüber. Vorsichtig sagt er: „Sie vermuten, vielleicht gibt es da einen Zusammenhang mit Ihren Angstträumen."

Frau Canossa atmet tief durch, ein Schatten scheint ihre Seele verlassen zu haben. „Ich habe nur einen Wunsch: Diese entsetzlichen Träume müssen aufhören!" Sie weint lange. Dr. Sauer bietet ihr seine Hand an, die sie dankbar annimmt.

„Und ich sage Ihnen, Frau Canossa: Sie sollten die Umstände dieser Geschichte noch genauer recherchieren."

Dr. Sauer ereifert sich, er merkt, dass das, was er erfahren könnte, auch ihn betrifft.

Ich bin unprofessionell, denkt er, ich bin doch auch Täterkind, Kind der Mördergeneration, die ihre Verantwortung unter dem Vorwand „Ich habe doch nur meine Pflicht getan" verborgen hat.

„Was haben Sie denn getan, was hat Ihr Vater getan, haben Sie ihn angeprangert oder wie alle anderen auch geschwiegen?" Frau Canossa hat jetzt ihre Arme vor der Brust verschränkt.

Rainer Sauer denkt an seinen Vater, hat er ihn nicht sein Leben lang in Schutz genommen? Aber wen hat er eigentlich geschützt?

Ich habe kein Recht zu urteilen, denkt er, über keinen, nicht über den Großvater von Frau Canossa, nicht über meinen Vater. Der Iwan hat seinen besten Freund erschossen, der Ami hat ihm seine Freunde genommen, die DDR-Kommunisten seine Firma. Kann man da gnädig sein oder zerfrisst einen die Wut? Ist letztlich sein Lungenkrebs die logische Folge der gestohlenen Zukunft, der Zerstörung seiner Ideale gewesen, woher sollte die Demut gekommen sein?

Frau Canossa fragt ihn, ob alles okay sei. Dr. Sauer nickt stumm, er ist nassgeschwitzt, ihm ist schwindlig.

„Ich muss mal eben eine kurze Pause machen. Wenn ich zurück bin, vereinbaren wir einen neuen Termin, ich will Sie möglichst bald wiedersehen!“ Wir sind doch allesamt vom Krieg Verletzte, denkt er auf der Toilette, wo er sich vom Rollstuhl aus mühsam auf das Klobecken übersetzt. Seine körperliche Versehrtheit macht sich ihm oft dann besonders bemerkbar, wenn er sich auch psychisch unklar oder angeschlagen fühlt, wenn auch ihm die Ohnmacht seines Berufes begegnet. Wir als Psychologen sind eben keine Richter, wir leben vom Verständnis und müssen kapitulieren, wenn uns die Grenzen unserer Macht bewusst werden. Er bleibt noch etwas auf der Toilette, wäscht sich das Gesicht, um leidlich erfrischt seine Auszeit zu beenden.

Zurück im Therapiezimmer sagt er zu Frau Canossa: „Ach, ehe ich vergesse, es Ihnen mitzuteilen: Ich fahre in der nächsten Woche für vierzehn Tage in Urlaub. Aber machen Sie sich keine Sorgen, Ihre Behandlung läuft weiter. Ich werde meiner Vertretung alles über Ihren Fall erzählen, wenn Sie einverstanden sind. Dr. Lüttgenotto wird Sie in meinem Sinne weiter behandeln, er ist ein ausgezeichneter Kollege, sensibel, mitfühlend und fachlich sehr kompetent, außerdem ist er in Ihrem Alter und Ostwestfale, wie schon sein Name belegt.“

Frau Canossa wünscht ihm eine gute Reise. „Kommen Sie heil zurück, Sie werden noch gebraucht!“

Frau Canossa lacht unsicher, kann sie doch eine tief liegende Angst vieler Patienten, im Stich gelassen zu werden, nicht ganz verbergen.

Dr. Sauer berührt sie leicht am Arm, um sie zu trösten.

Mit einem leichten Lächeln verlässt Frau Canossa seinen Therapieraum, Dr. Sauer bleibt gedankenverloren zurück.

12.

Als Frau Canossa den Therapieraum verlassen hat, fällt Dr. Sauer ein, dass er es versäumt hat, mit ihr einen Folgetermin zu verabreden. Vielleicht ist sie aber schon entlassen, wenn ich zurückkomme, denkt er, obwohl das zweifelhaft ist, weil sich die Symptome bisher nur wenig verändert haben, es sei denn, die Familienrekonstruktion hat etwas bewirkt ...

Er denkt zunächst daran, sofort nach Hause zu fahren, er müsste sich eigentlich mal hinlegen, kann sich aber doch noch nicht dazu entschließen.

Er ist beunruhigt, dünnhäutig, fühlt eine Mischung aus Trauer und Wut. Ich kann es nicht glauben, denkt er, hier entfaltet sich über die Rekonstruktion einer Familiendynamik erlebte Geschichte, das muss ich jemandem erzählen, sonst platze ich!

Er wählt die hausinterne Telefonnummer seines Kollegen Dr. Armin Lüttgenotto, um ihm von dem Einzelgespräch und der Entwicklung des Themas in der Gruppe zu erzählen.

Dr. Lüttgenotto ist ebenfalls irritiert, er hat soeben über den Arbeitsplan für die nächsten Tage erfahren, dass er mit Frau Canossa arbeiten soll, nachdem er bis gestern vier Wochen lang in Urlaub gewesen war, in Südafrika, zum vierten Mal schon, um sicheren Boden zu bekommen. „Rainer, da in Afrika bist du übrigens nie allein, immer wuselt jemand um dich herum und wenn du mal alleine herumgehst, dann wirst du sofort verdächtigt, ein böser Mann oder ein Zauberer zu sein. ... Aber zurück zu deinem Anliegen, ... der Name Canossa, Canossa, wo kommt die her?"

„Aus dem wunderschönen Rietberg, kennst du die etwa ...?"

„Na klar, ich kenn mich doch aus mit den Frauen aus der Gegend, da werde ich mich mal drum kümmern! Aber mal im Ernst, warum rufst du mich an, was ist los?"

Sauer schildert seinem Kollegen den Fall Canossa, sein Kollege Lüttgenotto hört zwar aufmerksam zu und scheint die Erregung seines Kollegen auch nachvollziehen zu können, schwärmt ihm aber weiter von Afrika vor.

„Lenk nicht ab, Armin, so spannend deine Reisen auch sind – deine Afrikaner haben wahrscheinlich Depressionen, weil sie nie allein sind, während die Leute hier Depressionen bekommen, weil sie zu viel alleine sind – Scherz beiseite, ich bin der festen Überzeugung, dass ich Frau Canossa jetzt endlich helfen könnte. Die Frau leidet seit Jahren unter einer übertragenen Schuld, hat eine schwere Zwangserkrankung mit erheblichen Angstsymptomen, die sie zum Beispiel daran hindern, sich im Dunklen aufzuhalten. Es besteht jetzt die einmalige Chance, die Störung zu überwinden, indem sie das Familiengeheimnis versteht, die unbewusste Schuld anerkennt, die Vergangenheit zur Sprache bringt und damit an der Sache wachsen könnte.

Aber die Familie ... willst du, dass die Frau ihre Familienstory etwa an die große Glocke hängt? Stell dir vor, da gibt es diese internationale Firma, ein Familienunternehmen und plötzlich könnte publik werden, dass es einen Nazitäter in der Familie der Ehefrau gegeben hat."

„Hm," Lüttgenotto steht auf und beendet das Gespräch mit dem Hinweis, er müsse sich die Sache noch weiter durch den Kopf gehen lassen, und sie verabreden sich für den nächsten Tag zur Morgenvisite.

Dr. Sauer bleibt nach dem Telefonat noch einige Zeit nachdenklich am Tisch sitzen. Er entscheidet sich, den Urlaub zu verschieben. Ich werde Armin morgen früh anrufen und ihm sagen, dass ich die Therapie noch mindestens zwei Wochen weiterführen werde.

Daraufhin verlässt er erleichtert sein Büro.

13.

Der Kurpark von Bad Oeynhausen unterteilt sich in einen augengefällig gestalteten Teil, der im Innenstadtbereich liegt, sowie einen naturbelassenen, der dem Kurgast für ausgedehntere

Spaziergänge zur Verfügung steht. Zwischen beide Kurparkteile sind in den 1970er Jahren einige Siedlungen gebaut worden, in denen unter anderem auch Klinikangestellte Bungalows oder Reihenhäuser erworben haben.

In einem dieser Bungalows wohnt seit dieser Zeit auch Sauer mit seiner Frau Marianne.

Das geräumige Arbeitszimmer, in dem Sauer seine privaten und einen Teil seiner geschäftlichen Angelegenheiten zwischen Dienstschluss und Abendbrotzeit erledigt, ist funktional und praktisch ausgestattet. Die zwei Schreibtische sind mit dem Rollstuhl bequem unterfahrbar und halbhohe Regale sind weitgehend vom Sitzen aus zu erreichen. Der Fachjargon spricht in diesem Fall vom behindertengerechten Wohnen. Heute sind Sauers Magenschmerzen erträglicher, er ist jetzt zu Hause redlich erschöpft.

Was mich am meisten anstrengt, denkt er, ist der andauernde Versuch, meine berufliche und soziale Normalität trotz meiner Behinderung zu bewahren, manchmal ist dieser Spagat schwer.

Er zählt zu der Nachkriegsgeneration, die emotional unterversorgt wurde und deshalb versucht, Anerkennung durch Leistung zu bekommen, und die keine Schwäche zugeben darf, am wenigsten sich selbst gegenüber. Dazu kommt, dass er als behinderter Mensch sowieso schon mehr als andere seines Alters und seiner Generation um diese soziale Integrität kämpfen muss. Normal zu sein, ist für ihn keine Selbstverständlichkeit, sondern etwas, das er sich tagtäglich sichern und erhalten muss.

Die Terrassentür des Hauses steht weit offen, lässt milde Augustluft herein, und Sauer schiebt das Fachbuch über die Behandlung von Zwangserkrankungen zur Seite, neben seinen geschlossenen Laptop.

Ich brauche noch etwas frische Luft und Bewegung, entscheidet er. Das bewusste Aus-der-Situation-Heraustreten ist etwas, das er seinen Patienten auch oft empfiehlt, um Abstand von ihren Problemen zu erhalten.

Entschlossen steuert er seinen Rollstuhl durch die Terrassentür nach draußen auf die Straße, eine ruhige Nebenstraße der bürgerlichen Siedlung am Waldrand. Frische Luft wolle er tanken, hat er seiner Frau Marianne zugerufen, die in der Küche hantierte, „halbes Stündchen nur, dann bin ich zurück".

„Wir essen um neun, es gibt Möhrensuppe mit Mettendchen!"

„Wie aufregend", hat er gemurmelt und Marianne hat geantwortet: „Nun, moser du noch!"

Nun sitzt er am Waldrand und raucht. Clarissa hatte geraucht und er hat wieder angefangen, nach 21 Jahren Abstinenz, so blöd muss man sein!

Das Rauchen ist ihm geblieben, Clarissa nicht.

Der Himmel ist leicht bewölkt. Er erinnert sich an ihr letztes Treffen, er schaut ihr nach, wie sie davongeht, mittelgroß, mit festen Schritten, klack, klack, klack ... er mochte ihre Art sich zu kleiden, klassisch, elegant, er dagegen etwas legerer, im Rollstuhl sitzend, ein ungleiches Paar.

Dann erinnert er sich an den heutigen Nachmittag und denkt an seine Patientin, wie schmal sie auf dem Stuhl vor seinem Beratungsraum saß, gerade, in Gedanken versunken, konzentriert, Fuß an Fuß.

Für heute, am Ende des Arbeitstages nach der Familienaufstellung und dem Gespräch mit Lüttgenotto, festigt sich sein Plan. Er wird Frau Canossa darin bestärken, diese Geschichte öffentlich zu machen. Das wird er ihr vorschlagen. Gerade ich muss doch die Wahrheit als Rettung ansehen, denkt er ironisch, wo ich selbst der größte Geheimniskrämer bin.

Das ist doch typisch: Nicht einmal für meine Zimmerlinde sorge ich ordentlich, denkt er, als er sich seinen vertrauten Therapieraum vorstellt und den armseligen Zustand seiner verdorrten Pflanze neben dem kleinen Tischchen.

Letzte Woche hat jemand angerufen und gefragt, ob er eigentlich noch praktiziere oder schon pensioniert sei! Die Schakale wittern das Aas, denkt er, lächelt und flüstert sich Mut zu. Ich verdiene mein Geld nur durchs Reden. Was ist das wert, nur Quatschen. Manchmal muss man eben auch handeln, dann, wenn Not am Mann ist, überlegt er und fährt langsam und vorsichtig den Fußweg zur Flussniederung hinunter.

Für die Midlife-Crisis bin ich nun wahrlich zu alt, denkt er, ich mache mich doch nur lächerlich. Er hat drei Kinder aus zwei Ehen, die ihn eigentlich vor Depressionen bewahren sollten.

In seiner alltäglichen Arbeit hat er gelernt, in die Untiefen von menschlichen Beziehungen zu sehen, ohne sich dabei mit Grausen abzuwenden. Seine beiden ihm nahe stehenden Söhne, beide aus erster Ehe, haben ihn als spielenden und vielleicht allzu weichen Vater erlebt, bis zu der von ihm brutal erlebten ersten Trennung, die Tochter ist bei seiner zweiten Frau aufgewachsen und steht ihm ebenfalls sehr nah.

Jetzt aber, wo die Tochter die Gegend aus beruflichen Gründen verlassen wird, fühlt er sich zurückgeworfen, trauernd, und doch wissend, es ist gut für sie, hier wegzukommen.

Letztlich ist es wohl so, überlegt er, dass wir alle mit dem Gefühl von Einsamkeit fertig werden müssen und auch werden können.

Nun kann er das Werre-Wasser bereits durch die Büsche sehen.

Er sitzt jetzt so tief am Ufer des Flusses, dass er gerade noch über das Schilfgras hinwegsehen kann, das seitlich des Ufers wächst. Er sieht einzelne gelbliche Blätter auf dem ruhig fließenden Wasser dahin treiben und beobachtet aufmerksam einen sanften Sog.

Die Luft ist leicht neblig, ein Hauch von Abschied liegt über der Landschaft.

Er verfolgt ein einzelnes Blatt auf seiner Wasserreise. Es

schwimmt gemächlich in der Mitte der Fahrrinne, schaukelt leicht, wenn es eine Querwelle überwindet, und hält weiter Kurs. Er lächelt, fasst hinunter zu den Greifrädern und will sich gerade auf den Rückweg begeben, als die Griffe seines Rollstuhls plötzlich von hinten gefasst werden, hart, kraftvoll. Und das Nächste, was er fühlt, sind zwei Hände, die sich um seinen Hals schließen.

Er spürt den zunehmenden Druck, ringt nach Luft, das einzelne Blatt auf dem trägen Wasser ist verschwunden. Er versucht, die Umschlingung zu lösen, will sich von dem Zugriff befreien, seine Brille fliegt im hohen Bogen ins Gras, seine Beine rutschen von den Fußstützen des Rollstuhls. Erst kommt die Todesangst, dann erlahmen seine Kräfte. Ein Gefühl von Gleichgültigkeit stellt sich ein, bis er das Bewusstsein verliert, noch bevor sein Körper ins Wasser gestoßen wird.

Dr. Sauer wird einen Moment später wieder wach. Er wird von seinem Rollstuhl unter Wasser gehalten und kämpft sich nur unter einer gewaltigen Drehung von seinem Hilfsmittel frei.

Er ist im Grunde ein guter Schwimmer, hier im Wasser fühlt er sich weniger behindert als draußen, hier wird er getragen, ohne sich anstrengen zu müssen. Er dreht sich auf den Rücken und treibt auf dem langsam fließenden Wasser, wobei seine spitzen Knie, sein von der Behinderung vorgewölbter Bauch und sein Kopf über die Wasseroberfläche ragen.

Er spielt Toter Mann – unter anderen Umständen wäre diese Bezeichnung witzig gewesen.

So wird er sich längere Zeit über Wasser halten können; wie lange, das musste er bisher noch nie ausprobieren.

Er rechnet nach. Es mag jetzt kurz vor 21 Uhr sein, Marianne wird sich langsam Sorgen machen. Sie mag es nicht, wenn ich zu spät zum Essen komme, denkt er, das könnte meine Rettung bedeuten, und er merkt, wie ihm doch allmählich kälter und kälter wird.

Bei traumatischen Erlebnissen schaltet der Körper automatisch auf Notfallprogramm um, das heißt: Absenkung der Temperatur der Extremitäten, aber was kommt dann?

Er hat irgendwann einmal gelesen, dass sich Schiffbrüchige möglichst wenig bewegen sollen, um so wenig Energie im Körper zu verbrennen wie möglich.

Auch hat er irgendwo gelesen, dass bei einem nahenden Ende das ganze Leben wie ein Film vor dem inneren Auge abläuft. Er aber denkt nur an den gestrigen Tag. Eine natürliche Reaktion von Gewaltopfern, wenn sie sich einer unerträglichen Situation psychisch entziehen müssen, er stellt sich etwas ganz Banales vor: Es fisselt aus einem hoffnungslos grauen Himmel. Er hat gerade Mittagspause. Wegen der kurzen Wegstrecke von der Klinik zu seinem Ziel, einem Fischrestaurant, zieht er sich kein umständliches Regencape über.

Überhaupt scheinen sich die dahineilenden Passanten, je nachdem, wie weit ihr Weg ist, aufzuteilen in Schirmträger und Barhäuptige. Erstere gehen wesentlich langsamer, was man ja verstehen kann, denn abgesehen davon, dass es feucht ist, ist die Luft sommerlich mild.

Im Fischrestaurant wird er, wegen seiner geringen Größe von einem Meter vierundvierzig im Rollstuhl, zunächst einfach übersehen. Drei Frauen mittleren Alters, gepflegte Erscheinungen, Verkäuferinnen, schätzt er, alle füllig, ohne dick zu sein, drängeln sich vor und entschuldigen sich vielstimmig dafür. Für einen Moment entsteht der Eindruck einer verschworenen Gemeinschaft und er sagt, das mache gar nichts, und eben nicht, das sei er gewohnt. So stehen alle vier, vereint durch den Wunsch zu essen, versöhnt durch seine Akzeptanz vor dem Tresen.

Nordseeteller will die erste, die zweite sagt: Ich auch, die dritte will auch den Nordseeteller, und er hört sich doch wahrhaftig sagen: Ich auch!

„So wie im Original auf der Abbildung?“, fragt der Mann

hinter der Theke, der in einer Art Dienstkleidung steckt, und zeigt auf eines der bunten Fotos hinter ihm, die allesamt appetitlich ausschauen.

Die Damen wollen alle das Original und er auch, obwohl er doch gar nicht zu ihnen gehört, sondern seine eigene Mittagspause macht.

Er überlegt kurz, ob er sich zu ihnen setzen soll, sie aber platzieren sich mitten zwischen die Tische und sind damit für ihn nicht gut erreichbar.

Na ja, der Fisch schmeckte ihm gestern nicht besonders, aber kein Wunder, er hatte ihn ja auch nicht wirklich selbst bestellt.

Ich könnte versuchen, mich wenigstens etwas an Land zu hieven, denkt er, zurück im Jetzt, und empfindet plötzlich eine Welle von heißer Angst in sich ausbreiten. Parallel dazu steigt sein Überlebenswille derart an, dass er fast übermenschliche Kräfte entwickelt, und es ihm gelingt, sich bis zum Unterleib auf den glitschigen Uferrand zu ziehen.

Der Wal ist gestrandet, denkt er noch, ehe er wieder sein Bewusstsein verliert.

14.

Das Telefon klingelt und Marianne nimmt den Hörer ab. „Hallo, hier Sauer?“ Sie schaut auf die Uhr, 21 Uhr 45, sie muss eingenickt sein. Rainer wird sich noch draußen herumtreiben.

Durch das Telefon vernimmt sie eine verzerrt klingende männliche Stimme, die durch Zuhilfenahme eines Filters, wahrscheinlich eines Taschentuches, seltsam komisch klingt: „Laufen Sie so schnell Sie können zum Fluss, Ihr Mann liegt in der Werre im Wasser, er schwimmt, ihm ist nichts Schlimmes passiert, aber machen Sie schnell, er braucht Hilfe, bitte, es tut mir leid ... es ist nur eine Warnung ... schnell ... sagen Sie ihm nur ein Wort: Schweigepflicht, sonst ... !“

Marianne zögert nur einen Moment. Sie überlegt, ob sie sofort etwas unternehmen muss. Die Ehe mit Rainer ist am Ende, er hat sie den Bach runtergehen lassen, eine baldige Scheidung wahrscheinlich. Schrecklich so ein Verfahren, persönlich, juristisch, es wird einen Hickhack geben ... Dann aber handelt sie schnell und entschlossen. Sie läuft aus dem Haus, vier jüngere Leute sitzen beim Bier auf der Nachbar-Terrasse, sie rennt zu ihnen, ruft um Hilfe. Die Nachbarn fragen, um was es gehe, sie berichtet in wenigen hastigen Worten, dass sich ihr Mann in akuter Lebensgefahr befinde. Die jungen Leute springen auf, folgen ihr und alle zusammen laufen hinunter zur Werre.

Nun geht alles ganz schnell. Sie entdecken Sauer sofort, er liegt am Uferrand mit den Beinen im Wasser. Marianne ist entsetzt und ringt um Fassung. Die jungen Leute aber bergen ihn entschlossen und hieven ihn in seinen völlig verschlammten Rollstuhl, der halb im Wasser feststeckt. Sauer atmet flach, er hält die Augen geschlossen. Einer der Nachbarn ruft mit dem Handy den Krankenwagen herbei.

Sie fahren ihn, den augenscheinlich völlig Erschöpften und Triefnassen eilig zum Sauerschen Haus. Es dauert nur kurze Zeit bis der Notarztwagen da ist. Zwei Sanitäter legen Dr. Sauer auf eine Liege und im Nu ist der Unfallwagen am Krankenhaus in Bad Oeynhausen. Marianne fährt mit, sitzt neben ihrem bewusstlosen Mann und hält seine Hand.

„Ein verdammt zäher Bursche!“, sagt der Arzt, der den Puls von Dr. Sauer fühlt. „Ab in die Ambulanz mit ihm, er scheint nicht verletzt, aber lange hätte es sein Körper nicht mitgemacht, so ein kühles Dauerbad!“

15.

Am späteren Abend – zu der Zeit, als Dr. Sauer schon gerettet war und sich an Land befindet – verlässt eine schlanke, blonde Frau mit eiligen festen Schritten den schützenden Rahmen des hohen Kurgebäudes und biegt in den Park ein. Sie ist nach ihrem hitzigen Gespräch mit ihrem Besucher noch sehr aufgewühlt, aber irgendwie zufrieden. Lange hat sie sich nicht mehr so stark gefühlt, entrüstet und erleichtert.

Am Ende hat sie ihm gesagt, dass sie nicht krank bleiben wolle, er solle sich zum Teufel scheren. Sie sei nicht käuflich. Danach hat sie ihren Mann auf dem Handy erreicht.

Als sie jetzt nach dem Gespräch das Gebäude verlässt, zögert sie nicht.

Es ist merklich kühler geworden und sie rafft den weißen Bademantel, den sie sich rasch übergezogen hat, am Hals zusammen. Dort friert sie erfahrungsgemäß am leichtesten.

In Gedanken fliegt sie dem verabredeten Treffen mit dem Anrufer entgegen, jetzt kann sie sich endlich aussprechen.

Wo aber ist meine Angst vor Dunkelheit geblieben?, fragt sie sich. Sie fühlt sich davon befreit, von Glücksgefühlen überschwemmt.

Seine Stimme hat dringlich geklungen, wie unter starkem inneren Druck. So kennt sie ihn eigentlich nicht, immer ist er ausgeglichen, beherrscht. Komm schnell, denkt sie, ich werde dich beruhigen, alles wird gut!

Sie spürt zum ersten Mal bewusst, wie das sein kann, frei zu sein von einer erdrückenden Last. Sie hat ihm sogar als Treffpunkt den Kurpark vorgeschlagen, weil sie das Bedürfnis nach frischer Luft hatte.

„Auf der dritten Bank, links herum, vom Parkeingang aus gesehen!“ Und er hat geantwortet: „Dann sprechen wir, das wird dir gut tun. Ich freue mich, dich zu sehen, reg dich nicht unnütz auf, warte auf mich, ich bin in Kürze da.“

Sie eilt über die kleine Straße, die um den Park herumführt, und dann den Gehweg entlang. Hier ist die Bank, sie setzt sich, ihr Herz schlägt schnell. Noch ist sie allein. Ihre Augen gewöhnen sich an die Dunkelheit. Die Beleuchtung im Park ist so angeordnet, dass die breiten Wege gut sichtbar sind, die Hauptstraßen für Parkbesucher.

Als sie ungefähr drei Minuten gewartet hat, überlegt sie, wann ihr Mann endlich hier sein könnte. Plötzlich spürt sie, dass sie doch nicht alleine ist. Hinter ihr im Gebüsch bewegt sich jemand, es kann nicht der Erwartete sein, der würde direkt durch den Kurpark auf sie zueilen.

Jetzt bekommt sie Angst, will aufspringen, um davonzulaufen. Aber das Nächste, was sie fühlt, ist, dass ihr jemand von hinten ihren Bademantelgürtel herausreißt, gleich darauf um ihren Hals schlingt und kräftig zusammenzieht.

Wer sich nicht in Gefahr begibt, kommt darin um. Dieser abgewandelte Slogan der Linken ist irrwitzigerweise das Letzte, an das sie denkt. Sie bekommt keine Luft mehr, sie schlägt um sich, kratzt und beißt, aber sie findet kein Ziel ... ihr Körper wehrt sich noch als sie innerlich schon aufgegeben hat. Ab da wird die Welt um sie herum für immer dunkel.

Was sie dann nicht mehr fühlen kann, ist, dass ihr lebloser Körper durch den Park getragen und unter Büsche gezogen, fast unsichtbar für Passanten auf den sich abkühlenden Boden gelegt wird und eilige Schritte den Tatort verlassen.

Schweigen legt sich über die Szene, bis die Morgenvögel erwachen. Für Frau Canossa allerdings wird es keinen neuen Morgen mehr geben ...

Leichenblass kommt Herr Canossa etwas später in die Klinik am Kurpark. Er keucht, ringt nach Luft und schaut völlig verwirrt den Portier an.

„Haben Sie meine Frau gesehen? Wo ist sie?“ Ratlos deutet der Portier den Gang hinunter. Nach kurzer Zeit füllt sich die Halle mit Menschen: Pflegepersonal, Patienten, diensthabender Arzt. Es werden rasch Suchtrupps zusammengestellt, die nach der Verschwundenen fahnden. Gegen 3 Uhr 30 gibt man die Suche auf.

16.

Anton Füchtenschnieder, seines Zeichens ältester Berufsgärtner und verbeamtet im Gartenbauamt der Stadt Bad Oeynhausen, entdeckt die Tote als Erster, als er gerade nach Dienstbeginn ein paar störend tief hängende Buschzweige kappen will. Dabei hat er sich gar nichts Böses gedacht, nicht einmal, dass man sich hinter einer so tief hängenden Bepflanzung in der Tat gut verstecken könnte.

Er sieht zunächst nur eine schlanke Hand unter dem Grün hervorschauen. Als er sich hinunterbückt, entdeckt er eine tote Frau mit weit geöffneten starren Augen, verzerrten Gesichtszügen, blau angelaufen. Herr Füchtenschnieder erschrickt zu Tode, weicht ein paar Schritte zurück, seine Knie zittern unkontrollierbar, bis er seine Fassung wieder erringt.

Es dauert eine Weile, bis er sein Handy in einer seiner vielen Taschen endlich findet. Seine Stimme bebt, als er sich bei der 110 meldet. „Hier spri… spricht Anton Füch… Füch… Füchtenschnieder“, stottert er und drückt zur Erleichterung seines Sprechflusses die rechte Hand fest auf sein Zwerchfell.

„Um was geht es?“, hört er eine Männerstimme.

Er stößt ein „verdammt nochmal“ aus, um sich in eine andere Gefühlslage zu bringen. Und dann spricht er ruhiger: „Mein Name ist Anton Füchtenschnieder, ich bin Gärtner und habe im kleinen Kurpark gerade eine weibliche Leiche gefunden.“

Der Notruf-Polizist sagt: „Bleiben Sie vor Ort, wir kommen!“

Die grausige Nachricht gelangt sofort als Eilinformation

über die örtliche Polizeistelle an das zuständige Dezernat für Gewaltverbrechen in Bielefeld.

Der bis dato frühmorgendlichen Ruhe wird ein abruptes Ende bereitet, eine Menge Polizeiwagen stehen kreuz und quer am Parkrand und die damit herbeigeeilten Kriminalbeamten verbreiten eine große Geschäftigkeit, eingehüllt in Rauchschwaden und Kaffeeduft.

Am abgesperrten Tatort sind seit 10 Uhr mehrere kniend oder gebückt suchende Mitarbeiter der polizeilichen Spurensuche in weißer Schutzkleidung, mit übergezogenen Gummihandschuhen und Plastiktüten über den Schuhen, im Einsatz.

Anton Füchtenschnieder, der sichtlich schockierte und kreidebleiche Gärtner, wird von einer jungen Polizistin zur Protokollaufnahme zu einem der Polizeiautos geleitet.

Unter den Personen, die am Rande des Geschehens warten, befinden sich der Verwaltungschef der Klinik, ein gewisser Dr. Sigurd Hoppe, seine Justiziarin Frau Dagmar Ridder, mehrere Polizisten in Uniform sowie zwei Zivile, Hauptkommissarin Annette Sasse und Hauptkommissar Otto Johanningmeier von der Mordkommission Bielefeld. Etwas entfernter, aber auf dem Sprung nach brandneuen Informationen, Vertreter der lokalen Presse.

Außerhalb der polizeilich gekennzeichneten Absperrung stehen einige Frührentner, mit auf regelmäßigen Alkoholkonsum hindeutenden roten Nasen, dann noch einige Männer mit Aktentaschen, offensichtlich aufgehalten auf ihrem Weg zur Arbeit, ein sportiver Jogger und mehrere Passanten aus der Nachbarschaft.

Nein, Wildkarnickel sind nicht vor Ort, die Szene interessiert sie nicht, ebenso wenig wie die drei Schwäne auf dem Wasserlauf, die, unbeirrt von Menschendingen, ihre eleganten Kurven ziehen – zwei weiße übrigens und ein schwarzer.

Die beiden Kommissare aus Bielefeld nähern sich der Leiche.

„Die Tote wurde gewürgt. Aber der Fundort ist nicht der Tatort“, sagt Annette Sasse leise zu ihrem Kollegen Johanningmeier.

„Sieht aus, als habe sie die Tatwaffe mitgebracht, ihren eigenen Bademantelgürtel“, meint der Angesprochene.

Die beiden Polizisten sind zwar äußerlich ein ungleiches Paar, scheinen aber gut zu harmonieren.

Johanningmeier, mit ‚ei‘ wie Ostern, sieht aus wie ein echter Ostwestfale, quadratisch, großer Kopf, schütteres nach hinten gekämmtes Haar, eher eine große Erscheinung, kein Hüne, aber auch kein Schrumpfgermane, er wirkt wortkarg und etwas verschlafen.

Annette Sasse ist klein, drahtig, nicht dick aber kompakt, mit lebendiger Gestik, kurzen Haaren, einem entschlossenen Auftreten und einem wachen Gesichtsausdruck. Sie ist einen Kopf kleiner als Johanningmeier.

Der Gärtner wird gerade von einem zuständigen Beamten vernommen und seine Aussagen werden von dem Kollegen protokolliert. Herr Füchtenschnieder, nicht mehr ganz jung an Jahren, hat bestimmt schon einiges in seinem Leben gesehen, aber eine weibliche Leiche zu finden, ist ihm dann doch noch nicht untergekommen.

Er hat mit einem alten Symptom zu kämpfen, was er längst überwunden glaubte. Er stottert in Ausnahmesituationen unter großem Stress. Schon seinen Namen zu nennen bedeutet eine riesige Anstrengung. Johanningmeier, der sich zu ihm stellt und die Not des Gärtners bemerkt, erinnert sich an einen Satz, der bei ihm hängen geblieben ist: Stottern ist der Versuch, Stottern zu vermeiden.

Als er sich Herrn Füchtenschnieder vorstellt, merkt er, dass er beim Aussprechen seines eigenen Namens Johanningmeier auch leicht ins Stottern gerät.

Langsam, alter Knabe, sagt er sich, und sieht, wie Annette Sasse ihn anlächelt.

Jetzt, da die Männer der Spurensuche sich zurückziehen, sich in ihre Autos setzen, um die gefundenen Hinweise in ihren Labors weiterzubearbeiten, können die beiden Kommissare den Fundort in Ruhe betrachten.

Die Parkbüsche reichen an dieser Stelle bis fast auf den Boden herab, was erklärt, dass erst der Gärtner die Leiche entdecken konnte. Die Passanten sind unterdessen fast alle weiter gegangen.

Johanningmeier sieht sich um. Der Verwaltungschef der Klinik, dessen Bild ihm aus der Lokalpresse bekannt ist, sieht aus wie sein Zahnarzt, fischig, so ein Typ fast ohne Wimpern.

Die beiden Kommissare gehen zu ihm und stellen sich als Kripo Bielefeld vor. Sie zeigen ihre Dienstausweise, die Dr. Hoppe nur flüchtig ansieht. Er bittet die Kommissare um Diskretion so weit wie möglich, räumt aber ein, dass es natürlich jetzt zu spät sei, die Sache völlig geheim zu halten, und gibt zu bedenken, dass eine Klinik wie die seine einen exzellenten Ruf zu verlieren habe. Ansonsten werde er die Ermittlungsarbeit so gut wie möglich unterstützen – schon im ureigensten Interesse.

Dann verabschiedet er sich schnell, wegen dringender Geschäfte, und übergibt an seine Justiziarin. Die junge Frau steckt in einem dunkelblauen, standesgemäßen Hosenanzug. Fesch und overdressed!, denkt Annette Sasse. Auch die Justiziarin zieht sich bald zurück, nicht ohne ihre Telefonnummer hinterlassen zu haben.

Zum ersten Mal an diesem Morgen gewähren die dichten Wolken eine Lücke, und der Sonne gelingt eine Aufheiterung – sogar im Gemüt der Anwesenden. Wie eine kitschige Filmmusik, die das Schlimme erträglich machen soll, denkt Annette Sasse.

Einige Zeit später wird die Tote in die Pathologie der Städtischen Kliniken nach Bielefeld überführt und der Tatort entvölkert sich vollends.

„Bad Oeynhausen hat doch offensichtlich mehr kriminelle Energie als man gemeinhin denkt. Sieht man diesem aufgeräumten Ort gar nicht an!“, sagt Johanningmeier zu seiner Kollegin.

„Ein schicker Park schreckt das Böse eben nicht ab“, entgegnet diese. „Erst gestern Abend das Attentat auf den Doktor, der ist halb ersoffen, und jetzt diese Tote im Park! Reiner Zufall?“ Ihr Kollege runzelt die Stirn: „Was haben wir denn bis dato? Eine tote Frau, Patientin der ‚Klinik am Kurpark‘, einen halbtoten Mitarbeiter derselben Klinik, wie uns gestern zu Ohren kam ... und wo, bitte schön, ist der Zusammenhang? Der behandelnde Arzt – noch schlimmer, der Therapeut ist Doktor der Philosophie, ein Psycho! So hieß doch auch der Krimi von Alfred Hitchcock!? – und dann seine Patientin, beide in einer Nacht ... auf in die Klinik, aber dalli, dalli!“

Die beiden durchqueren eilig den Kurpark und erreichen die Eingangshalle. Der Pförtner weist ihnen den Weg zum gerade diensthabenden Oberarzt.

17.

Es ist die erste feste unbefristete Anstellung von Oberarzt Dr. Armin Lüttgenotto in der Klinik am Kurpark. Er ist ein schlanker Mann, mit einem sehr korrekten Aussehen, trägt einen grauen Anzug, der sehr gut sitzt, darüber hat er einen weißen Kittel gezogen, den er offen lässt. Diese gelungene Kombination zwischen Korrektheit und Lässigkeit ist für Patienten und Kollegen gleichermaßen beruhigend wie Vertrauen erweckend.

Er hat bislang beruflich ziemlich viel Glück gehabt, hatte sich zunächst als kommissarischer Oberarzt in der Psychiatrie in Hagen einen guten Namen gemacht und sich dann in Bad Oeynhausen beworben, wo er sofort eingestellt wurde.

Als die Polizisten eintreten, ist er bereits informiert und

auch beunruhigt, stellt doch dieses „Ereignis“ die mühsam erworbene Sicherheit seiner Position, unerwartet plötzlich, in Frage. Er hat sich hier im Kurbad jene verlässliche Lebensperspektive aufgebaut, die er sich immer erträumt hat.

Natürlich kennt er sich aus in der formal korrekten Nomenklatur seines Berufes sowie dem entsprechenden Verhaltensrepertoire und begrüßt die Kripobeamten freundlich und respektvoll, ohne sich anzubiedern. Nach der üblichen Vorstellung fragt er: „Kann ich Ihnen etwas anbieten? Kaffee oder Tee?“

Höflich lehnen die beiden Beamten ab.

„Die Tote wurde mit einem Gegenstand aus Ihrem Haus ermordet“, hört er die Polizistin sagen, die sich als Hauptkommissarin Annette Sasse vorgestellt hat, „auf dem Bademantelgürtel steht der Name Ihrer Klinik.“

Höre ich da einen Verdacht?, denkt Dr. Lüttgenotto leicht verunsichert, beruhigt sich aber sofort wieder: Ach, alles nur Unsinn, hier geht es ja gar nicht um mich, also nicht nervös werden!

Der Kommissar, der breitbeinig dasteht wie ein frecher Bauernlümmel, verzieht keine Miene und fragt ganz beiläufig: „Was können Sie uns über Ihre Patientin sagen?“

„Muss ich?“, fragt Dr. Lüttgenotto etwas spitz zurück.

„Nein, Sie müssen nicht“, sagt die Kommissarin, meint aber das Gegenteil. Es herrscht eine gespannte Atmosphäre im Raum, die Dr. Lüttgenotto elegant zu lösen versucht, indem er äußert: „Also, wenn es sein muss, wobei ich betonen muss, dass ich unter Schweigepflicht stehe! Es stimmt, die auf tragische Art und Weise verstorbene Frau Canossa war eine unserer Patientinnen, sie war Mitte vierzig und bei uns in Erstbehandlung wegen einer massiven Angstsymptomatik. Sie ist jetzt, besser gesagt war, seit knapp drei Wochen stationär bei uns.“

Dr. Lüttgenotto hat sich wieder gefangen und fühlt sicheren Boden. „Sie nahm sehr regelmäßig an den obligaten

Einzel- und Gruppentherapien teil. Ihre Symptome haben sich zwar geringfügig verbessern lassen, aber nach unserer Einschätzung hätte sie noch eine Zeit lang stationär bei uns verbringen müssen. Alles weitere zum Stand der inhaltlichen Arbeit sollten Sie bei Dr. Sauer erfragen. Er war viel näher dran. Ich konnte leider nicht mehr therapeutisch mit ihr arbeiten, weil ich erst seit einigen Tagen von einer Urlaubsreise aus Afrika zurück bin!"

Auf Nachfrage erläutert Dr. Lüttgenotto das normale Behandlungsprogramm: „Morgens in der Früh Nordic Walking, dann Frühstück im Patientencafé, danach Anwendungen, Stanger-Bad, Gymnastik, Gesprächsgruppe, Entspannungsgruppe, Stressbewältigung, Psychoedukation, dann Mittagessen, nachmittags weitere Angebote, bis zum Abendbrot, danach freie Gestaltung bis zur Bettruhe. Frau Canossa war bei Herrn Dr. Sauer in Einzelgesprächen, zweimal die Woche, eine Therapiestunde. Er war ihr Bezugstherapeut!"

„Wissen Sie Näheres?", fragt Annette Sasse.

Dr. Lüttgenotto zögert, gibt dann aber oberflächlich Auskunft und sagt: „Ist ja egal, sie ist ja nicht mehr ... sie fühlte sich sehr schnell falsch verstanden, ja verfolgt, das gehörte zu ihrer Persönlichkeitsstörung."

„Was sagen Sie denn zum Anschlag auf Dr. Sauer? Der ist doch Ihr Kollege und hat die Ermordete behandelt, sehen Sie da irgendwelche Zusammenhänge?"

Dr. Lüttgenotto zögerlich: „Ja, furchtbare Sache! Aber ob das mit diesem Fall zu tun hat?"

Er spricht über das hohe Berufsrisiko von Psychotherapeuten, die sich ihr Berufsleben lang mit dem seelischen Müll anderer Leute beschäftigen müssen, und deutet Termindruck an, indem er auf seinen Pieper schaut.

„Um Ihre Frage konkret zu beantworten, würde ich sagen, dass man seine Arbeit mehr oder weniger distanziert betreiben kann ..."

„Und Dr. Sauer hat da Probleme?“, unterbricht Johanningmeier.

„Stimmt genau“, sagt Dr. Lüttgenotto. „Rainer neigt dazu, sich zu sehr persönlich zu engagieren.“

Johanningmeier fischt sich eine American Spirit aus der Jackentasche, zündet sie aber nicht an – die blöde Schere im Kopf –, sondern fragt stattdessen: „Wo waren Sie zur Tatzeit?“

„Ich hatte Rufbereitschaft, ich schlafe dann immer im Arztzimmer in der Klinik, wenn man mich lässt!“

„Und, ließ man Sie?“, Johanningmeier fragt leicht angesäuert.

„Nachdem die Suchaktion abgebrochen wurde, konnte ich mich noch einmal hinlegen bis 4 Uhr. Da hatte eine ältere Dame eine Herzattacke und ich musste kurz noch einmal hoch. Danach war es ruhig.“

„Können Sie mir den Namen der Dame sagen?“, Annette Sasse ist ebenfalls angesäuert über die geringe Auskunftsbereitschaft des Arztes. Sie erbringt nicht viel, und so verlassen Annette Sasse und Johanningmeier die Klinik und setzen sich auf die nächstbeste Bank im Kurpark. „Und, was meinst du?“, fragt sie ihren Kollegen.

„Weiß nicht, ich fühle mich irgendwie ziemlich schnell abserviert. Mir ist so, als ob unser Oberarzt kein richtiges Interesse daran hätte, uns Einblick in seine Gedankenwelt zu geben.“

„Ja“, antwortet Annette, „auf mich wirkt er auch merkwürdig desinteressiert. Vielleicht ist es aber auch nur die überhebliche Art eines Akademikers gegenüber uns Normalbürgern.“

„Voller Argwohn vor der Bullerei“, meint Johanningmeier und steckt sich endlich seine Zigarette an.

„Oder ist es nur unser Frust, ein typisches Ermittlerproblem? Am Anfang sieht man den Wald vor lauter Bäumen nicht und ist ziemlich ratlos und am Ende fällt es einem doch wie Schuppen von den Augen, hoffentlich! Es ist schon paradox: Hier sollen Menschen eigentlich gesund werden und kommen dabei um. An apple a day keeps the doctor away." Und sie beißt mit Vergnügen in ihren Frühstücksapfel.

18.

Dr. Sauer ist offenbar, wider Erwarten, ein erträglicher Patient, denkt Johanningmeier, denn die zuständige Stationsschwester spricht den Doktortitel ohne diese Beimischung von einem ironischem Zungenschlag aus. Vielleicht weil er schon sehr klinikerfahren ist.

Johanningmeier ist gespannt auf die kommende Begegnung, wird er den Psychologen doch in zwei unterschiedlichen Funktionen befragen müssen, sowohl als Gewaltopfer als auch als behandelnden Psychotherapeuten des Mordopfers.

Dr. Sauer liegt im Bett und liest. Neben dem Bett im Einzelzimmer 210 der Station Männer 3a steht sein frisch gesäuberter und blank geputzter Rollstuhl.

Johanningmeier schaut neugierig nach dem Titel des Buches, kann ihn aber wegen der Schräglage nicht erkennen und traut sich nicht zu fragen. Krankenhauspatienten versuchen sich durch Bücher oder Zeitschriften eine persönliche Identität zu verleihen, um der Anonymisierung des Krankenhauses entgegenzuwirken, nach dem Motto: Zeige mir, was du liest, und du bist keine unbekannte Nummer mehr, Bücher machen Leute!

„Mann ohne Hund, ein Krimi von Hakan Nesser, einem wunderbaren schwedischen Autor", errät Dr. Sauer das Mienenspiel des Hauptkommissars.

„Sie brauchen eine Menge Hilfe", vermutet der Kommissar, auf den blitzsauberen Rollstuhl zeigend, und entschuldigt sich für seine Neugier.

„Es ist übrigens wissenschaftlich belegt, dass Menschen, die um Hilfe bitten, eher Hilfe bekommen, als die, die sich nur nach Hilfe suchend umschauen“, antwortet Dr. Sauer.

„Sie müssen aber riskieren, abgewiesen zu werden, oder zumindest ihre Scham überwinden!“

„Was manchmal schwer ist! Ich musste es mühsam lernen“, bestätigt Dr. Sauer.

Jetzt erst begrüßen die Männer sich fast freundschaftlich, obwohl sie zum ersten Mal aufeinandertreffen.

„Spontane Sympathie auf beiden Seiten“, wird Johanningmeier seiner Kollegin später berichten. Nun kommt er zur Sache: „Wer hatte es denn wohl auf Sie abgesehen?“

„Ich stand am Uferrand, wollte eigentlich nur mal kurz Luft schnappen, als mich der üble Angreifer von hinten gewürgt und dann ‚versenkt' hat. Das war sicher geplant. Da muss mir jemand gefolgt sein, aber ich habe weder etwas gesehen noch gehört. Ich vermute es war ein Mann, so kräftig wie der zupacken konnte.“ Dr. Sauer schüttelt sich, als ob er die Erinnerung verscheuchen will wie eine lästige Fliege.

„Haben Sie Feinde oder wurden Sie bedroht? Fällt Ihnen irgendetwas dazu ein?“, fragt der Kommissar.

Dr. Sauer verneint und sagt: „Das war eine schreckliche Situation. Ich habe mich selten so bedroht gefühlt. Aber Gott sei Dank kann ich schwimmen.“

„Wir haben auch Ihre Frau befragt“, sagt Johanningmeier, „doch sie kann die Stimme am Telefon nicht zuordnen.“

„Seitdem das passiert ist, grübele ich darüber nach, wer um Gottes Willen mir derart ans Leder wollte. Aber vielleicht sollte es nur ein Warnschuss sein.“

Der Kommissar insistiert: „Was könnte dieser Anschlag denn bedeuten? Was sollten Sie möglicherweise unterlassen oder tun?“

Dr. Sauer schließt die Augen und denkt eine Zeit lang still vor sich hin, um schließlich zu sagen: „Ich habe wirklich keine

Idee. Und ich bin ja dabei noch gut weggekommen im Vergleich zu Frau Canossa."

Dann setzt er hinzu: „Was ist bloß los in diesem Kurkaff? Jahrelang ist das Schützenfest die einzige Attraktion und jetzt ein Mord!? Schrecklich! Ich mochte Frau Canossa sehr. Sie litt unter einer massiven Zwangserkrankung mit angstpsychotischer Begleitsymptomatik, hatte einen Schuldkomplex und fühlte sich verfolgt, wobei mir unklar geblieben ist, inwieweit diese reale Angst begründet war."

„Oder nur eingebildet?", fragt Johanningmeier. „Oder gar beides?"

„Möglich", antwortet Dr. Sauer, „in der therapeutischen Arbeit ist es manchmal erforderlich, zu ungewöhnlichen Mitteln zu greifen, zum Beispiel einer Patientin zu sagen, dass man die Wahrheit nach außen bringen müsse, im eigenen Interesse, um zur Veränderung einer chronischen Störung beizutragen. Dadurch können natürlich auch andere Personen mitbetroffen werden."

Johanningmeier versteht: „Den Teufel mit dem Beelzebub auszutreiben, sozusagen!"

„Genau", bestätigt Dr. Sauer. „Frau Canossa, Sie müssen die Wahrheit sprechen! So habe ich sie eindringlich versucht zu beschwören."

„Und wer wäre von dieser Wahrheit möglicherweise betroffen?", fragt der Kommissar irritiert.

„Da kann ich nur spekulieren", antwortet Dr. Sauer. Und auf Nachfrage erzählt er, zunächst stockend, dann in allen Einzelheiten von dem Tag, an dem er in den Fluss gestoßen wurde.

„Ein seltsamer Tag", resümiert er, „so viel Dramatik, da tobt das Leben und dann ... Keine Ahnung, wer mich hat schwimmen lassen, es war wohl kein Scherzkeks. Wie gesagt, sicher ein Mann, gemein von hinten, vielleicht ist das Motiv auch gemein, niederer Natur, Neid, Eifersucht, aber auch Angst könnte es gewesen sein, Angst ist immer existenziell!"

„Was halten Sie von der Warnung, die offensichtlich der reuige Attentäter, Ihrer Frau telefonisch zugeraunt hat?“

„Keine Ahnung, ich habe so etwas noch nie erlebt und dabei bin ich, weiß Gott, kein Unerfahrener im Umgang mit dem Risiko.“

Johanningmeier nickt. „Und haben Sie einen Verdacht, warum jemand Frau Canossa ermordet hat?“, fragt er, ohne wirklich eine zufriedenstellende Antwort zu erwarten.

„Nein“, sagt Dr. Sauer, „sie fühlte sich verfolgt, das ist sicher. Ich habe sie in ihren Themen sehr ernst genommen, sie litt unter Schuldgefühlen, tradierte Schuld, sie sprach aber auch ganz konkret von einem Schatten, der sie beobachtet habe, und sie hatte Angst!“

„Ein Kurschatten?“, fragt Johanningmeier.

„So ähnlich!“, sagt Dr. Sauer und die beiden schweigen.

„Nichts wirklich Neues für uns in der Klinik“, fügt er nach einer Pause hinzu. „Natürlich gibt es den klassischen Kurschatten, aber der ist in der Regel nicht bedrohlich. Doch es scheint auch eine oder mehrere Personen zu geben, die hier im Kurbereich ihr Unwesen treiben ...“

„Strafrechtlich Relevantes?“, fragt Johanningmeier.

Dr. Sauer verneint: „Zum Glück nicht, wenigstens bisher nicht!“

„Was berichten die betreffenden Frauen denn so?“, fragt Johanningmeier.

„Wachsendes Unbehagen, das Gefühl beobachtet zu werden, mehr oder weniger vage Bedrohungsgefühle!“

„Nur Gefühle? Oder auch Erfahrungen, Übergriffe oder dass sie jemand angesprochen hat?“

„Fehlanzeige! Oder, warten Sie, da hat einmal eine Patientin von einem Mann gesprochen, der sie einige Male im Kurpark angequatscht hat ... so von der Seite ... ob sie auch mal freie Zeit hätte für einen Kaffee oder ein Tänzchen wagen wolle! Und zwar hartnäckig wie ein Terrier.“

„Ist die Frau noch in der Klinik?“, fragt Johanningmeier.

„Nein, das ist schon eine Weile her ... ich komme aber über meinen Apple-Stick an meine PsyPrax-Ordner ran, es ist ein leichtes, Name, Adresse und sogar ein Bild der Patientin herüberzuholen, warten Sie!“

Dr. Sauer fasst in seinen Nachtspind und befördert ein flaches Objekt in Taschenrechnergröße zutage.

Johanningmeier, nicht unbedingt der Technikfreak, ist begeistert. Seine Polizistenseele fragt sich allerdings, ob und wie die Daten der Patienten geschützt sein sollen. Als ob Dr. Sauer die Gedanken des Kommissars lesen könnte, sagt er siegessicher: „Auf mein Passwort kommt keiner!“

Das Bild der Patientin hat große Ähnlichkeit mit Frau Canossa. Johanningmeier pfeift durch die Zähne.

19.

Annette Sasse holt ihren Kollegen vor dem Krankenhaus ab und sie fahren gemeinsam nach Bielefeld. Sie hört sich an, was ihr Kollege zu berichten weiß, und fasst dann zusammen:

„Okay, was wissen wir bis jetzt? Täter vermutlich männlich, Tatzeit 21 Uhr. Das Opfer Kurpatientin, stationär in medizinischer und psychologischer Behandlung. Dr. Sauer hat offensichtlich keine Idee zur Person des Täters. Einen Zusammenhang zwischen dem Anschlag und dem Mord können wir nicht ausschließen. Ich könnte mir vorstellen, dass in dieser Nacht zwei Zeugen aus dem Weg geräumt werden sollten. Aber wahrscheinlich von zwei unterschiedlichen Tätern. Ich frage mich, wieso ein und derselbe Mann aus Reue erst sein erstes Opfer retten lässt, um dann das zweite zu erdrosseln?“

„Behinderten-Bonus?“ unkt Johanningmeier.

„Du spinnst!“ ruft seine Kollegin empört.

„Der Rest ist reine Spekulation. Wer und ob jemand dem

Psycho-Doktor eins auswischen wollte, wissen wir nicht. Und du glaubst doch nicht allen Ernstes, jemand hat ihn beseitigen wollen, weil seine Therapie Erfolg oder keinen Erfolg hatte?“, hakt Johanningmeier nach. „Opfer Kurpatientin, stationär in medizinischer und psychologischer Behandlung. Wem nützt das Schweigen von Frau Canossa? Mir fallen da mehr Leute ein, die von ihrem Kurerfolg profitiert haben: Der Ehemann, die Klinik, unser Dr. Sauer. Ich denke, wir sollten die Spur mit diesem ominösen Kurschatten verfolgen.“

„Dann man los, vorher will ich aber noch zu Hause anrufen, die Kinder müssten jetzt von der Schule zurück sein!“

Gemeint sind Kai, der ältere, mit 17 Jahren fast erwachsen, und Marie, jetzt auch schon ein großes Mädchen, nächste Woche wird sie 14. Seit der Scheidung vor drei Jahren fühlt sich Annette Sasse für sie doppelt verantwortlich, es wird ihr oft zu viel, immer für alles und jedes zuständig zu sein.

„Manchmal zähle ich die Jahre, bis die Kinder aus dem Haus sind, dann aber fürchte ich mich vor der Leere“, hat sie Johanningmeier vor ein paar Tagen gestanden. „Und dem Jungen fehlt der Vater, ich komme kaum noch an ihn ran. Was denken Jungen in seinem Alter? Ich verstehe oft nicht, wie er tickt!“

Johanningmeier weiß es auch nicht, sein Junge spricht nicht mal mit ihm. Er spürt wieder den alten vertrauten Schmerz, der sich vom Herzen aus in den Magen bohrt. Ich bin einfach zu viel allein.

Seit er sich von seiner Frau Claudia getrennt hat, ist er solo. Der Neid auf das Familienleben seiner Kollegin ist ihm etwas peinlich.

Ich habe es zu nichts Richtigem gebracht, denkt er, nicht zu einem Haus, keinen Baum gepflanzt und mein Sohn meldet sich nicht mehr, wohnt mit seiner Mutter in Bayern. Ist wahrscheinlich auch noch Bayernfan! Und sein alter Verein, ‚Ex-Bayernjäger‘ Arminia ist abgestiegen und beginnt die Saison am 18. August mit einem Pokalspiel gegen den Zweitligaverein Bayer Uerdingen.

„Woran denkst du?", die Stimme von Annette Sasse klingt leicht besorgt.

„Och, an nichts Besonderes", antwortet er.

„Wir setzen den ganzen Apparat in Bewegung, wir brauchen alles über Frau Canossas Privatleben. Was wir wissen ist, dass sie in der Kur war, was allein kein Grund sein dürfte, ermordet zu werden – oder sagt man ‚auf Kur'? Wie war die Beziehung zu ihrem Mann, hatte sie Liebhaber?", fragt Annette Sasse und ruft bei der Einsatzzentrale im Polizeipräsidium Stapenhorststraße an. „Wir kümmern uns um den Ehemann, wo wohnte Frau Canossa?"

„Sie lebte in Rietberg, im beschaulichen Örtchen Rietberg. War beschäftigt in der Modebranche – als Designerin –, hatte keine Kinder. Ihrem Mann gehört das Unternehmen, das elegante Modeartikel in italienischem Styling für den Weltmarkt produziert."

„Na, denne, auf in die Provinz, die Modemetropole wartet schon! Die Polizei aus dem Oberzentrum ist im Anmarsch und hat schlechte Nachrichten im Gepäck ... gib Gas!"

Immer diese Abwehr bei einem Unglück, ist die ein notwendiger Selbstschutz?, denkt Johanningmeier, aber wir müssen jetzt erst einmal mit dem trauernden Ehemann sprechen.

„Mir ist jetzt schon bange bei dem Gedanken, dass wir Herrn Canossa mitteilen müssen, dass man die Leiche seiner Frau gefunden hat und sie ermordet wurde!" Annette schließt die Augen und fühlt sich müde.

Das Leben geht weiter, so wie es immer weitergeht, egal was passiert, und so wird es auch für Herrn Canossa weitergehen, nur wird es eben nicht mehr so sein wie vorher. Sein bisheriges Leben werden sie ankratzen müssen, es wird sich jäh verändern.

Auf der restlichen Strecke nach Bielefeld schweigen sie längere Zeit. Auf der Herforder Straße stehen sie ab der Stadtgrenze im Stau.

„Komm, hören wir erst noch an, was der Fachmann für Dahingeschiedene uns mitzuteilen hat“, sagt Johanningmeier, als sie endlich angekommen sind. Sie begeben sich in die Räumlichkeiten der Pathologie, hell, steril, in kühlem Kachelgrau, gefühlsresistent.

Der Leiter der Pathologie, Dr. Weidner, begrüßt die beiden Kommissare und zieht aus einer Reihe von Kühlfächern eine Rollbahre heraus. „So, hier ist sie“, sagt er und schaut auf einen am Fußende befestigten Zettel.

„Alles, was ich sage, ist noch vorläufig. Greta Canossa, Jahrgang 1966, wurde von hinten stranguliert. Deutliche Hämatome an Armen und Beinen sprechen dafür, dass sie sich gegen den Angreifer gewehrt hat. Hinweise, die einen sexuellen Tatverdacht nahelegen, kann ich ausschließen. Kein Alkohol, keine sonstigen Drogen, die Frau war kerngesund, körperlich gesehen. Sie war eine schöne Frau, wenn ich das sagen darf.“

„Tatzeit?“, fragt Johanningmeier.

„Gestern gegen 23 Uhr 30, alles Weitere können Sie meinem Abschlussbericht entnehmen.“

„Ist der Täter männlich oder eher weiblich?“, fragt Annette Sasse.

„Vermutlich männlich, eine Strangulierung mit so einem eher weichen Material wie Frottee erfordert eine Menge Kraft“, lautet die Antwort des Pathologen.

Oder Wut, denkt Johanningmeier. Als sie wieder im Auto sitzen, unterwegs nach Rietberg, erzählt er noch mehr von seinem Gespräch mit dem Rolli-Doc.

„Es gibt da eine Spur. Schon vor einiger Zeit soll es einen ähnlichen Fall gegeben haben, ohne Mord allerdings. Eine Patientin von unserem Dr. Sauer fühlte sich ebenfalls verfolgt ... die ähnelte unserem Opfer sehr ... ist aber als geheilt entlassen worden, unbeschadet, und der Doc meinte, das sei kein Einzelfall gewesen."

„Die berühmte Zeitbombe, die lange tickt, bis es bumm macht, weil jemand sie anfasst?", fragt Annette Sasse. „Was meint denn der Experte, den es auch fast erwischt hat?"

„Es könnte ein Frauenhasser gewesen sein oder eine ganz andere Motivlage, auf jeden Fall soll sich in der idyllischen Atmosphäre ein böser Knabe herumtreiben. Wir sollten die Angestellten der Klinik und die Patienten befragen, ob sie sich an jemanden erinnern, der im Kurpark herumlungert und Frauen anspricht!"

„Ich habe noch eine viel bessere Idee!", sagt Annette Sasse, aber ihr Kollege winkt sofort ab, worauf sie kontert: „Die Ermittlungen leite ich!"

„Noch lange kein Grund, dich einem Mörder in die Arme zu werfen. Und vergiss nicht, du bist als Brünette nicht sein Typ!"

„Darum wird sich der Frisör schon kümmern!", sagt Annette Sasse mit fester Stimme.

„Und wenn ich mir Sorgen mache?", Johanningmeier versucht auf jede Art und Weise, seine Kollegin von der Idee abzubringen, den Lockvogel zu spielen, aber ohne Erfolg.

„Wir ermitteln nach allen Seiten", Johanningmeier sieht einen Berg von Arbeit auf sich zukommen. „Was wir bis jetzt haben, ist mehr als dürftig. Also müssen wir Angestellte, Ärzte, Pfleger, Schwestern befragen. Aber Dr. Sauer ist ja selbst betroffen und im Rollstuhl ...", Johanningmeier schaut seine Kollegin fragend an.

„Der Klinikchef Dr. Hoppe scheint eine Art Polizeiaversion zu haben, der war ja heute fix weg!" Annette Sasse hat einen Riecher dafür, wenn etwas nicht stimmt. Manchmal hört sie aber auch die Flöhe husten, denkt Johanningmeier.

20.

Kurt Mielke steht auf dem Balkon und raucht. Die Geschehnisse des Tages sind an ihm keineswegs spurlos vorüber gegangen. So ein Durcheinander hat er noch niemals erlebt in seinem Park, die ganze Bullerei am Morgen, der Aufmarsch der geballten Justiz, dazu noch die „Haute Volaute“ der Klinik, diese alten Säcke, die endlich mal was zum Glotzen frei Haus geliefert bekommen haben

Mielke reibt sich die Hände. War ja fast wie in Berlin, denkt er, inklusive Mord!

Bei aller Neugierde: Einen Teufel hätte ich getan, mir die Sache aus der Nähe anzusehen. Jetzt ist die Luft wieder rein, jetzt wird es für mich Zeit für meinen Geldbeutel zu sorgen. Das Hemd ist einem doch immer näher als die Jacke.

Er zieht sich sorgfältig an: nicht zu chic, lässig, mit leicht intellektuellen Touch. Deshalb setzt er die randlose Brille auf, die er eigentlich gar nicht braucht. Vom Fenster aus hatte er eine Blondine beobachtet, in mittleren Jahren, eine gepflegte Erscheinung. Pünktlich zum Kurkonzert sitzt er schräg hinter ihr. Sie trägt eine Cartier-Uhr, ein gutes Zeichen. Obwohl, die kann natürlich auch gefälscht sein, aber die Dame macht eher nicht den Eindruck, zweitklassig zu sein.

Kurkonzerte langweilen ihn mittlerweile unaussprechlich, aber sie sind eine gute Gelegenheit, die Damen unbemerkt zu taxieren und am Ende der Darbietung mit ihnen ins Gespräch zu kommen.

So auch diesmal, nach drei auszusitzenden Zugaben geht er wie zufällig neben der Dame her und sagt: „Na ja, diese Kurkonzerte sind ja mit wirklicher Musik nicht zu vergleichen …“

„Ach ja, also ich fand es ganz hübsch.“

„Was würde Ravel wohl dazu sagen, wenn man seine Musik hübsch fände?“

„Da haben Sie vielleicht recht. Das ist wirklich nicht der passende Ausdruck."

Sie kommen also ins Gespräch. Die Dame ist wirklich sehr gepflegt, allerdings älter als er vom Fenster aus erkennen konnte, und sie hat einen unaussprechlich traurigen Ausdruck in den Augen.

Passt haargenau in mein Beuteschema ..., denkt Mielke und verspürt neben einem leichten Ekel vor sich selbst auch ein Kribbeln. Sie verabreden sich für den Abend auf ein Gläschen Wein. Sie heißt Vera.

„Dürfen Sie denn überhaupt ein, zwei Gläschen?", Mielke macht auf besorgt, als sie an der Weintheke sitzen.

„Sehe ich aus wie 15?", fragt sie zurück. Wahrlich nicht, denkt Mielke und lacht.

Es wird ein feuchtfröhlicher Abend, an dessen Ende zwei etwas schwankende Gestalten das Lokal verlassen. Der Schatten hat die dicke Rechnung unter Investition oder Spesen verbucht und die Zeche großzügig übernommen.

21.

Die beiden Kommissare kommen nach Rietberg. Annette Sasse staunt über das hübsche, propere Städtchen. „Wusstest du, dass es gar nicht weit von Bielefeld ein solches architektonisches Schmuckstück gibt?" Und sie schaut durchs Autofenster auf schöne gepflegte Fachwerkhäuser und liebevoll renovierte Giebel mit alten Inschriften. „Arbeit ist der Bürger Zier, Segen ist der Mühe Preis", liest sie laut vor.

„Ich wusste das auch nicht, dieses Motto wird uns motivieren den Mörder schnell zu finden! Mir fällt ein, vor einigen Jahren muss es hier mal eine Bundes- oder Landesgartenschau gegeben haben, die Kollegen erzählten ziemlich begeistert davon." Als sie in die Wohngegend der Canossas kommen sind beide beeindruckt.

„Feine Gegend!" Johanningmeier zeigt auf die individuell gestaltete Reihenhaussiedlung. „Wirkt holländisch, nur die Kanäle fehlen. Denen, die die Ruhe pflegen, kommen manche ungelegen."

„Reimt sich, Herr Dichter!"

Werde ich etwa rot?, fragt sich Johanningmeier und hört sich sagen: „Nee, Wilhelm Busch!"

„Ich lerne ja ganz neue Seiten an dir kennen!", sagt Annette Sasse und lächelt.

Ich mag, wie sie lächelt, denkt Johanningmeier, so fein, ihre Lippen kräuseln sich, wie eine Seeoberfläche bei leichtem Wind, und tief in sich spürt er einen poetischen Drang ...

Unterdessen haben sie die Nummer 19 im Tempelhofer Weg gefunden. Das Haus wirkt einladend, eine Bank vor der Haustür, Holzfenster, auf dem Dach eine Solaranlage.

Und hinter den Fassaden? Alles in Ordnung? Lauert auch hier das Böse und welches Gesicht trägt es?, denkt Johanningmeier.

Er selbst wohnt inmitten von Bielefeld, in Kneipennähe, Annette Sasse hinter dem Hauptbahnhof, im Kamphofviertel, ehemals Roter Kanton genannt, Widerstandsecke gegen die Braunen, jetzt kaputtsaniert.

Tempelhofer Weg. Johanningmeier wird inspiriert und pfeift die Melodie von „Das ist die Berliner Luft ..." Ich muss mal raus hier aus dieser Gegend, wann habe ich eigentlich das letzte Mal Urlaub gemacht?, denkt er.

„Schmuckes Gerät, das Häuschen", sagt er dann laut, „würde mich nicht wundern, wenn die hinten heraus einen Teich haben!"

„Neidisch?", Annette Sasse bringt es mal wieder auf den Punkt.

„Gibt es Neid als Mordmotiv?", fragt Johanningmeier.

„Ja klar, ist doch ein starkes Gefühl!“

„Brächte mich eher zum Selbstmord!“

Die beiden steigen aus dem Wagen, gehen zur Haustür und klingeln. Drinnen bellt ein Hund, der Tonlage nach ein großer.

„Ruhig, Pluto!“, die Stimme gehört einem dunkelhaarigen Mann, der ihnen die Haustür aufmacht. Annette Sasse stellt sich selbst und ihren Kollegen vor.

Herr Canossa, der Ehemann, ist ein hoch aufgeschossener Mann um die fünfzig in einem Maßanzug. Er blickt ernst und erwartungsvoll auf die beiden Kommissare, man könnte meinen hochnäsig, wäre da nicht der verletzt wirkende Zug um den Mund. Als ob er schon weiß, was jetzt kommt, denkt Annette Sasse.

Achtung, aufgepasst, keine voreiligen Schlüsse, denkt Johanningmeier.

Mit einer knappen Handbewegung winkt Herr Canossa die beiden in das Innere des Wohnhauses, in dem sie eine edle Möblierung erwartet. Kein Tinnef liegt herum, der Wohnbereich ist sauber und aufgeräumt, an den Wänden hängt originale Kunst.

„Haben Sie meine Frau gefunden?“, fragt Herr Canossa kreidebleich und nickt, weil er die Antwort schon ahnt. „Wie konnten Sie mich nur den ganzen Morgen so im Unklaren lassen?“

Wie immer, denkt Annette Sasse, die Überbringer schlechter Nachrichten werden geköpft. Aber sie sagt: „Wir bitten um Entschuldigung! Ihre Frau wurde um acht Uhr tot aufgefunden, und wir konnten nicht eher hier sein. Wir wollten Ihnen die Nachricht persönlich überbringen.“

Herr Canossa nickt: „Bitte erzählen Sie mir alles, was Sie wissen.“

„Wir müssen Ihnen leider mitteilen, dass Ihre Frau das Opfer eines Gewaltverbrechens geworden ist.“ Annette Sasse geht einen Schritt auf Herrn Canossa zu.

Der blickt wie versteinert, schweigt, sein Gesicht verhärtet, er räuspert sich ... Annette Sasse hält ihm eine Hand hin, führt ihn zum Sofa, wo er Platz nimmt, schmal und zusammengezogen, die Hände vor das Gesicht gelegt. Er weint, die Tränen rinnen ihm zwischen den Fingern hindurch.

Annette Sasse wartet ab, dann legt sie dem hinterbliebenen Ehemann ein Papiertaschentuch aufs Knie.

Sie hat eine angenehme Art, registriert Johanningmeier das Verhalten seiner Kollegin. Wenn er einmal Trost brauchen sollte, würde er sich bei ihr aufgehoben fühlen, besonders in für ihn schwierigen Momenten.

Nach der unvermeidlichen Frage nach dem Alibi bitten sie Herrn Canossa noch um die Schuhe, die er am Tag zuvor getragen hat.

„Ich bin aus Oeynhausen direkt nach Hause gefahren. Der Rest der Nacht war die Hölle. Das können Sie mir glauben. Jetzt wo ich Gewissheit habe, bin ich fast erleichtert."

Johanningmeier fragt: „Hatte Ihre Frau Feinde, einen Liebhaber, Neiderinnen, Konkurrenten?"

„Nein, das alles nicht, aber sie war sehr krank und, ich glaube, gerade auf dem Weg der Besserung. Es ist alles so furchtbar!"

„Wir melden uns später noch mal bei Ihnen, wir können Ihnen leider die Identifikation Ihrer Frau nicht ersparen!", sagt Annette Sasse. „Haben Sie jemanden, der Ihnen jetzt beistehen könnte?"

Herr Canossa nickt stumm.

„Hast du irgendwie gut gemacht mit Herrn Canossa, sehr einfühlend", lobt Johanningmeier, als sie wieder im Wagen sitzen und sich auf der Rückfahrt ins Präsidium befinden. Er braucht zwei Anläufe, um den Namen vollständig auszusprechen.

„Danke, so ein Lob aus berufenem Mund tut doch immer wieder gut, geht runter wie Öl. Hast du eigentlich früher mal gestottert?“, fragt Annette Sasse und denkt dabei an die mühsame Sprachbeherrschung von Herrn Füchtenschnieder, der die Tote entdeckt hat.

Johanningmeier nickt: „Bis ich dem Willi in der zweiten Klasse eins in die Fresse gegeben habe, ab da hielt er sein Lästermaul“, sagt er grimmig.

„Männer!“, lacht Annette Sasse.

„Übrigens,“ sagt Johanningmeier, „die meisten Menschen stottern, sie haben alle möglichen Sorten von Sprechanomalien, Stammeln und Stocken sind nur die besonders auffälligen. Fehlerlos zu sprechen ist eine hohe Kunst, die sich der völligen Beherrschung widersetzt, dagegen können alle Stotterer fehlerlos singen. Man sagt ja auch bei uns: Der hat gesungen, wenn jemand sein Verbrechen zugibt, was offensichtlich erleichtert.“

Aha, der Dr. Hobbypsychologe! Annette Sasses Handy klingelt mit der Melodie von „All you need is love“. Johanningmeier lächelt. Annette spricht kurz mit ihren Kindern und bittet sie, etwas zum Abendessen einzukaufen.

Sie parken den Wagen auf einem der reservierten Parkplätze im Hof des Präsidiums. Es hat unterdessen angefangen leicht zu regnen. „Nach Auskunft des deutschen Wetterdienstes soll Bielefeld die regenreichste Stadt Deutschlands sein“, kommentiert Johanningmeier.

Annette Sasse erwidert, es sei auch die sicherste Großstadt.

Ob es da wohl einen Zusammenhang zwischen Wetter und Verbrechen gibt?, überlegt er. „Oder noch einfacher, ist doch klar, die Stadt ist auch am weitesten entfernt von allen Grenzen!“

„Höre ich da etwa ein ungehöriges Urteil über den gemeinen Polen heraus, das eines Beamten nicht würdig ist?“, fragt Annette Sasse.

„Politically uncorrect?“

„Nun quatsch nicht, wir werden zum Rapport erwartet,

dann machst du einen Bericht übers schöne Stöhnhausen und dann ab in die Pressekonferenz!"

„Und wieso schreibe ich den Bericht?"

„Weil ich die Chefin bin und das so will!"

„Schwere Bürde, so eine Chefin", stöhnt Johanningmeier und tut so, als schleppe er gerade einen schweren Koffer.

22.

Die Dame heißt also Vera und ist mit einem Schrotthändler in Duisburg verheiratet. Sie führt eine gute Ehe, sagt sie. Natürlich, klar doch, denkt Mielke, der sich Horst Frank nennt, tun sie das nicht alle? Aber woher kommen dann der traurige Ausdruck in den Augen und der resignierte Zug um den Mund?

Dennoch hört er geduldig zu. Das kann er. Als Onkel Lothar gestorben war, kam seine Mutter fast Abend für Abend leicht betrunken in sein Zimmer, setzte sich auf seine Bettkante und schüttete ihn mit Klagen zu über ihr verpfuschtes Leben. Und aus lauter Angst, dass sie noch mehr trinken oder ihn anschreien oder schlagen würde, setzte er stets ein aufmerksames, interessiertes Gesicht auf. Das half mir damals zum Überleben und hilft mir auch jetzt, macht er sich Mut.

Bald kommt Vera aus sich heraus, ihr Mann hört nie so zu, er hat einfach keine Zeit. Und was will sie auch mehr: Er versorgt sie doch gut. Mit Blick auf die Cartier-Uhr und die Brillant-Ohrhänger muss Mielke das auch zugeben. Von sich erzählt er nichts. Noch sind seine Lügen nicht erforderlich.

Als er sie durch den Kurpark zur Klinik zurückbringt, legt er in einstudierter Schüchternheit sanft seinen Arm um ihre Schultern. Vera genießt es offensichtlich, denn ihre Stimme wird ganz weich. Es ist immer dasselbe, denkt er und verabschiedet sich vor der Klinik mit einem angedeuteten Handkuss.

Er weiß genau, dass auf diese antiquierte Geste hin Frauen in Veras Alter weich wie Butter werden. Er täuscht sich selten: Vera errötet leicht und haucht ein „Gute Nacht!" in den langsam dämmernden Kurpark.

Mielke kann nicht vermeiden, daran erinnert zu werden, was hier gestern geschehen ist, und bei aller Abgebrühtheit läuft ihm ein Schauer über den Rücken.

Dann schüttelt er sich, als ob er das Böse verjagen könnte, und macht sich auf den Weg nach Hause.

Kurz vor seiner Haustür hält er noch einmal inne und sieht zurück in den Park. Frau Schrotthändler ist bereits in der Klinik verschwunden. Na denn, die Anfangsphase ist immer ziemlich langweilig und mühsam. Aber es zahlt sich aus. Es hat sich bisher immer ausgezahlt. Bis auf diese Italienerin, die er tagelang verfolgt hat. Umsonst! Das wäre eine heiße Nummer gewesen, denkt er, und es hätte meinem Portemonnaie so gut getan. ... Er verscheucht den Gedanken und freut sich auf einen doppelten Cognac und das abendliche Fußballspiel.

23.

Der Presseraum ist gerammelt voll mit spitzzüngigen Journalisten. Fast alle Fragen kann der Pressesprecher des Polizeipräsidenten, Herr Hollmann, durch ein „Kein Kommentar!" entschärfen. Bei der Frage des Vertreters der westfälischen Heimatzeitung „Die Glocke" nach einem möglichen Zusammenhang des Mordes mit Aktivitäten der Mafia muss der sonst so steife Amtsinhaber sogar lächeln, was ihn sympathisch aussehen lässt und bei Annette Sasse ankommt.

„Wir sind hier doch nicht in Palermo!", ruft jemand von den hinteren Rängen.

„Nur das Wetter hier ist ähnlich wie dort", lacht eine Journalistin.

Pressekonferenzen sind langweilig und Johanningmeier bedankt sich innerlich bei der brünetten Pressetante für den witzigen Einwurf.

Humor hat mit Liebe zu tun, denkt er, sonst wird nur Sarkasmus produziert.

Seine Mutter hatte ihm früher, als er noch Kind war, oft vorgeworfen, dass er zu verträumt sei. Unser Kleiner träumt wieder. Seiner tatkräftigen Mutter war das wohl nicht geheuer. Er entnahm ihren Worten einen sorgenvollen Unterton, etwa in dem Sinne, er könne dem Leben nicht gewachsen sein.

Und es gibt immer wieder Zeiten, da kann er ihr nur zustimmen, abends zum Beispiel, wenn der harte Polizist der Mordkommission, dem nichts fremd ist, allein in seinem Bett liegt. Selbst schuld! Liegt man so im Warmen, dann wäre es manchmal fein, zu jemandem sagen zu können: Schlaf gut, meine Liebe, und träum was Schönes.

Heute Nacht hat er seit langem wieder einmal einen schönen Traum gehabt, Einzelheiten hat er vergessen, aber es war Erotik im Spiel.

„Der Zirkus ist zu Ende!“, weckt ihn Annette Sasse unsanft aus seinen wärmenden Erinnerungen der letzten Nacht. „Komm, wir dürfen wieder arbeiten.“

Ihr gemeinsam genutztes Büro liegt im vierten Stock des Polizeigebäudes. In der Mitte des hellen Raumes stehen zwei Schreibtische Stirn an Stirn, vom Fenster aus können sie linker Hand auf den baumreichen Teutoburger Wald und das locker bebaute Dornberg schauen und geradeaus auf die hohen Türme der Universität im Dunst, rechter Hand lässt sich das Ravensburger Hügelland erahnen. Sie stehen nebeneinander am Fenster und Johanningmeier deutet mit dem Daumen ums Eck und sagt: „Da läuft irgendwo unser Mörder frei herum!“

„Nicht mehr lange!“, da ist sich Annette Sasse sicher. „Die Aufklärungsquote bei Mord und Totschlag tendiert gegen 100 Prozent, es gibt nicht sehr viele Motive für diese Taten.“

„Langeweile und Verdruss!“, meint ihr Kollege.

„Bloße Projektionen“, lacht Annette Sasse. „Du bist zu viel alleine!“

„Stimmt!“, sagt Johanningmeier mit müder Stimme, „ich sollte mir einen Hund zulegen, aber bloß keinen Rassehund, der würde nicht zu mir passen!“

Auf dem Schreibtisch von Annette Sasse liegen die ersten Befunde zum Mordfall Canossa. Seitens der Kurklinik gibt es Ergebnisse einer ersten Zeugenbefragung von Mitpatienten und Personal. Danach wurde Frau Canossa gegen 22 Uhr zum letzten Mal von einer Mitpatientin auf dem Flur vor ihrem Zimmer, einem Einbettraum, gesehen. Sie schien sich zurückziehen zu wollen, was sie aber noch nicht getan hatte, denn der Letzte, der sie lebend im Haus sah, war der Pfortendienst, ein Herr Siependiek, der seit vielen Jahren im Wechsel mit einem Kollegen Nachtwache hält.

Ihm zufolge verließ Frau Canossa das Gebäude, im Bademantel und in Eile, gegen 22 Uhr 30 noch einmal. Später, gegen 23 Uhr, habe er sich selbst zurückgezogen, in ein kleines Zimmer neben der Loge, um fernzusehen.

Es habe aber, so die Zeugenaussage von Herrn Siependiek, kurz nach 22 Uhr einen Anruf für Frau Canossa gegeben, den er direkt auf ihr Zimmer durchgestellt habe. Es sei eine barsche, tiefe männliche Stimme, eventuell mit einem leichten Akzent, gewesen.

Der befragende Kollege hatte den Portier gebeten, darüber nachzudenken, ob er sich noch an etwas anderes Wichtiges erinnere, aber der konnte bislang keine weiteren Angaben machen.

„Da haben wir doch die Aussage von deinem Zahnarzt, alias Verwaltungschef der Klinik, Dr. Hoppe. Der hat auf Befragung zum Betriebsklima zu Protokoll gegeben: ‚Unsere Klinik ist wie eine große Familie!‘ Und in Familien ist alles möglich!“, kommentiert Annette Sasse.

„Auch Mord und Totschlag", sagt Johanningmeier.

„Höre ich da einen bitteren Unterton?", fragt Annette Sasse und zwinkert ihm zu.

„Ach was", wehrt Johanningmeier ab. Er denkt, dass er sich manchmal zu spröde anstellt. Eigentlich war es doch nur gut gemeint. So steht er auf und bietet an, einen Kaffee zu holen.

„Ich bin einfach ein alter Esel!", ist er empört über sich selbst.

24.

Es ist ein nasser Tag. Wie jeden Freitagmorgen ist Markt auf dem Siegfriedplatz, den Johanningmeier gern mit einer italienischen Piazza vergleicht, wegen seiner ähnlich ovalen Anlage und der geschlossenen Umbauung. Durch eine Ansammlung von hohen städtischen Häusern aus der Jahrhundertwende ist er ein architektonisches Schmuckstück bei der ansonsten wenig interessanten Bausubstanz in Bielefeld, deren Innenstadt im Zweiten Weltkrieg durch einen Bombenangriff der alliierten Luftwaffe fast gänzlich zerstört worden war. Johanningmeiers Großvater Heinrich, seines Zeichens Dorfschullehrer und NS-Blockwart, hatte im März 1944 Folgendes in seinem Tagebuch notiert: Den ganzen Tag fliegen feindliche Verbände ein, der Himmel in Richtung Osten ist blutrot, Bielefeld brennt. Die amerikanischen Bomber legen die Stadt in Schutt und Asche, aber die Wunderwaffe, die der Führer dem deutschen Volk versprochen hat, wird kommen!

Der Westen von Bielefeld ist ein beliebtes Wohngebiet, dessen optischer Eindruck atmosphärisch bereichert wird durch eine sehr gemischte Bevölkerungszusammensetzung mit jungen und älteren Bielefelder Bürgern und Studenten sowie einer regen Kneipenszene. Johanningmeier als fast schon Altbielefelder weiß diese Szene durchaus zu schätzen, hat doch zum Beispiel die Kneipe „Desperado" schon so manchen depressiven Abend eines alleinstehenden Mannes gerettet, weil er sich hier wie in einer Familie aufgehoben weiß.

Trotz des fiesen Wetters ist der Markt gut besucht, am Kaffeestand nehmen die Besucher einen warmen Schluck und genehmigen sich dazu ein Stück Bethel-Spezial, einen supersüßen Kuchen mit Puddingbelag.

Durch eine schmale Lücke zwischen zwei Blumenständen und vorbei an dem Verkaufswagen mit frischen Fischen aus Holland gelangt Johanningmeier zu dem Stand, der italienische Spezialitäten feilbietet. Er lässt sich vom kompetent scheinenden Verkäufer über die Vor- und Nachteile verschiedener Olivenöle beraten, entscheidet sich aber zuletzt doch für eine ihm bereits vertraute Marke. Der Hang zur Sicherheit in persönlichen Entscheidungen nimmt im Alter zu, denkt er und bemerkt, ehe er sich einem Jammerthema frühen Alterns zuwenden kann, aus dem Augenwinkel Dr. Hoppe, den Verwaltungschef der Mord-Klinik, wie eine Bielefelder Tageszeitung formulierte, der gerade dabei ist, frischen Matjes beim fliegenden Holländer zu kaufen.

Die holländische Fischverkäuferin verpackt die Ware gekonnt in eine Plastiktüte. Und Johanningmeier fällt der Witz ein, wie der Matjes zu seinem Namen kam: Der Fisch zappelt noch. Der Fischer haut drauf und fragt: Matt? Und der Fisch sagt: Yes! Dann hängt er noch kurz dem Gedanken nach, ob der Fischgeruch sich wohl wegduschen lässt oder ob die junge Frau dauernd nach Frischfisch riecht. Bei der Bäckerin am Stand nebenan würde ihm der Kuchenduft gefallen. Aber riechen wir nicht alle nach unserem Beruf? Riecht man den Bullen nicht aus zehn Metern Entfernung? Und nach was riecht der Psychologe?

„Guten Tag Herr Doktor!", sagt Johanningmeier und wartet ab, bis der Angesprochene seine Beute in seiner Einkaufstasche verstaut hat. Der Kommissar vermeint, dass der smarte Doc leicht erschrocken aussieht, so wie ein Schulbub, der erwischt worden ist. Da ist er wieder, der misstrauische Polizist, flucht Johanningmeier innerlich, wie riecht Misstrauen? Ich kann den Doktor wohl kaum danach fragen, oder?

Hat der feine Herr etwas zu verbergen, gefälschte Bilanzen? Dem werde ich mal, sehr dezent versteht sich, die Sonderkommission Geldwäsche auf den Pelz hetzen, mal sehen, was Annette sagt, wenn ich den verpetze, denkt Johanningmeier. Oder geht es um was ganz anderes? Veruntreuung von Klinikgeldern, Kungeleien mit der Pharma-Mafia? Die Ermordete war Italienerin, was sagt uns das? „Trinken Sie mit mir einen Kaffee, Herr Kommissar?“, fragt Dr. Hoppe, der sich wohl gefangen hat und jetzt wieder souverän wirkt.

„Gerne!“, sagt Johanningmeier nickend und die beiden schlendern ein Stückchen weiter zum Bäcker, der auch Kaffee im Angebot hat. Als sie sich an einem der Stehtische gegenüberstehen, fragt ihn Dr. Hoppe nach dem Stand der Ermittlungen, nicht ohne sich vorher darüber beklagt zu haben, dass die negativen Schlagzeilen über den Mord in der Kur dem Image von Kuraufenthalten schaden werden – eine Zeitung habe sogar geschrieben: Radikal neue Heilmethode!

„Wir haben noch keine heiße Spur“, sagt Johanningmeier und spürt einen Anflug von schlechtem Gewissen, zeigt etwas Mitgefühl, bezüglich des möglichen Imageschadens, murmelt noch ein paar Floskeln, trinkt rasch seinen Kaffee und verbrennt sich dabei gehörig die Zunge. Es ist ihm irgendwie unangenehm, während laufender Ermittlungen mit jemandem, mit dem er ausschließlich beruflich zu tun hat, privat in Kontakt zu treten und Small Talk zu betreiben. „Muss wieder an die Arbeit!“, ruft er Dr. Hoppe zu und macht sich rasch von dannen.

Beim Verlassen des Platzes kauft Johanningmeier beim rotwangigen Käsefritzen noch ein paar Scheiben mittelalten Gouda und ein gutes Stück Höhlenkäse.

25.

Vom Markt aus geht Johanningmeier noch nicht direkt ins Präsidium, sondern gönnt sich eine Behandlung, die er bereits letzte Woche verabredet hatte. Heute kann er sich die Zeit dafür nehmen, weil seitens der Dienststellenleitung viel Wert darauf gelegt wird, den Polizisten die Freiheit zu geben, sich um die eigene Gesundheit zu kümmern.

Mm, stöhnt er nicht seinem Gefühl entsprechend laut, sondern nur innerlich und genießt die professionelle Massage, wobei er die Augen geschlossen hält, wohl, um sie nicht verzückt zu verdrehen. Wohliges Tun, denkt er, so eine Ganzkörperbehandlung ist Gold wert!

Dann muss er eingeschlafen sein – übrigens mit der kurzen Traumsequenz, dass ein fremder weiblicher Mund den seinen berührt –, denn er wird unsanft und abrupt durch sein eigenes Schnarchen geweckt.

Nach Ende der Behandlung verlässt er die Praxis für Physiotherapie wie neugeboren und mit dem Lebensgefühl: Was kostet die Welt? So eilt er tatendurstig zum Präsidium, voller Elan, und findet Annette Sasse abgeschlafft im gemeinsamen Büro sitzen.

„Na, Fall gelöst?“, fragt er putzmunter seine Kollegin.

„Es geht doch nichts über das Feingefühl sensibler Kollegen. Aber wir treten auf der Stelle“, meint die. „Wir sollten uns noch einmal den Portier der Klinik zwecks Stimmidentifikation vornehmen!“

Nach eineinhalb Stunden und vergeblichen Bemühungen, den Portier zu einer klareren Zuordnung der Stimme am Telefon zu bekommen, machen die beiden Kommissare Schluss für den heutigen Tag und trennen sich mit dem frommen Wunsch und dem alten russischen Spruch, dass der Morgen klüger sein möge als der Abend.

Auf Annette Sasse wartet ihr Abendbrot mit den Kindern,

Johanningmeier holt sich noch rasch ein warmes, gesundes Kotelett vom Bratwurststand am Jahnplatz und eilt schnell nach Hause, um seine Beute unter Zugabe von reichlich Senf und einem Bierchen zu vertilgen – das heißt, nicht ganz, denn vorm Abnagen des Knochens wird ihm etwas übel, so dass der Rest in der Mülltonne landet.

Bis kurz vor zehn schaut er Fußball, 2. Liga live, dann schaltet er ab. Er ist zwar hundemüde, aber es dauert eine ganze Weile, ehe er in Morpheus Armen versinkt.

Die Nächte sind noch immer kurz, trotzdem schläft Johanningmeier jetzt wieder länger. Der Sommer bleibt uns noch etwas erhalten, denkt er beim Morgenkaffee.

Er gähnt und ärgert sich bei der Lektüre der Morgenzeitung über den schnoddrigen Stil des Beitrags aus Bad Oeynhausen – Frauenmord in Kurklinik – Über Nebenwirkungen und Risiken bei einer Kurverschreibung fragen sie die Polizei oder ihre Krankenkasse! – und er fühlt, wie ihn trotz sommerlicher Temperaturen der Bärenwinterschlaf lockt.

Morgen werde ich einfach mal liegen bleiben, wünscht er sich, als er sich in seinem Toyota auf den Weg zur Arbeit macht. Oder ich mache es wie mein werter Freund Eberhardt, der sitzt jetzt den ganzen lieben langen Tag in der Sonne auf Kreta und hat es nur gut!

Annette Sasse ist noch nicht an Bord, eines der Kinder ist krank und so nimmt sich Johanningmeier erst einmal die Aussagen aller Zeugen vor. Eine langweilige Angelegenheit, kein Wunder also, dass er mit einer ganzen Portion Müdigkeit zu kämpfen hat, der Kopf sinkt ab und er wacht erst auf, als Annette Sasse von der Tür aus fragt: „Na, in die Akten vertieft? Guten Morgen, Herr Kollege, gut geschlafen, was steht denn darin so Ermüdendes?“

„Der Arzt hat doch gesagt, Frau Canossa habe sich ganz real verfolgt gefühlt, da haben wir doch eine aufregende Spur“, sagt Johanningmeier und lächelt.

„Der gute alte Kurschatten, das ist der, der einem die Kur versüßt. Als Frau hat man so seine Bedürfnisse, allein und fern der Heimat“, gurrt Annette Sasse

„Da denke ich als Mann doch eher an die Mafia, die die Gelegenheit beim Schopf packt, als Frau Canossa außer Haus ist! Erdrosseln würde passen!“, mutmaßt Johanningmeier.

„Aber doch nicht mit einem schnöden Bademantelgürtel, ein echter Stilbruch, oder?“, Annette Sasse tut entrüstet, wird aber sofort wieder ernst. „Wenn uns jemand von außen so reden hören würde ... Wo bleibt da die Pietät, haben wir denn vor nichts mehr Respekt?“

Johanningmeier muss ihr recht geben, auch er muss sich oft wundern über den Jargon, den Kriminalbeamte an den Tag legen, besonders diejenigen, die sich mit Gewaltverbrechen beschäftigen.

„Wir haben ja eigentlich die Aufgabe Leib und Leben zu schützen“, sagt er leise. Und fügt hinzu, „auch unser eigenes, Frau Lockvogel, bitte!“

26.

„Aufstehen, hopp, hopp, scheint Sonne!“

Annette Sasse schlägt verwundert die Augen auf, während die philippinische Krankenschwester die Fenster des großzügigen Kurzimmers öffnet. „Ich habe geschlafen wie ein Murmeltier!“, sagt sie lächelnd.

Sie räkelt sich und will aus dem Bett aufstehen, was zu Protesten seitens der weiß gekleideten Schwester führt. „Erster Programmpunkt heute, Massage mit Duftöl“, erklärt diese und bittet Annette, sich in die Bauchlage zu begeben. Der ganze Raum wird rasch zu einer Duftorgie ätherischer Öle.

Danach werde ich wohl gebraten, denkt sie noch, ehe sie wieder einschläft.

„Dinkelbrei lauwarm", ist das Nächste, was sie hört, das Angebot klingt wenig einladend, der Brei aber schmeckt überraschend gut.

„Urgesund!", betont die Ernährungsberaterin, deren berufliche Fachbezeichnung Oekotrophologin ein echter Zungenbrecher ist, einige Stunden später beim edukativen Gespräch über Schmaus und Braus im Haus. „Das ist die Devise unseres Hauses, gute Kost unter ärztlicher Leitung bei viel Bewegung an der frischen Luft!"

Wie sollten Ernährungsberaterinnen eigentlich aussehen, damit sie glaubwürdig sind, fragt sich Annette. Diese hier, eine Frau Glocke, sieht etwas unvorteilhaft, nämlich – nomen est omen – glockenförmig aus, oben schmal dann aber immer breiter werdend. Etwas mehr Bewegung täte ihr sicher gut. Annette Sasse findet ihre eigene Figur zwar nicht ideal, aber wer findet das schon? Größe 40 ist doch nicht schlecht bei zwei Kindern und einer Scheidung, denkt sie.

Deutlich mehr lukullische Fantasie entwickelt sie tags darauf, als eine junge schlanke Ernährungsberaterin sie nach ihrem Wunschessen für den folgenden Tag fragt. Das Auge isst doch mit, denkt Annette Sasse.

Auch, wenn sie etwas unentschieden ist, ordert sie schließlich Kassler mit Sauerkraut und Salzkartoffeln, Birne Helene und ein Stückchen Pflaumenkuchen.

Nach dem eher kargen Frühstück – ohne Ei, aber mit Schinken aus dem Westfälischen und einer Morgenzeitung – sagt die brünette Schwester Eva zu ihr: „Ich bin heute den ganzen Morgen bis zur Übergabe an den Spätdienst für Sie zuständig, wenn Sie einen Wunsch haben, dann schreien Sie nach mir, ich heiße Eva!"

Das Paradies ist nah, denkt Annette Sasse, aber wo bleibt nur Adam! Es ist jedenfalls nicht der Physiotherapeut, der sie anschließend mit zehn weiteren Kurpatienten – allesamt dicker als sie, aber die kuren ja auch in echt! – durch die Turnhalle scheucht. Der sieht aus wie ein Vampir, spindeldürr, mit tief liegenden Augen ... keine mörderische Ausstrahlung, es fehlt eindeutig die amouröse Energie.

Tags zuvor ist sie aufgenommen worden, ohne Formalitäten, auf dem kurzen Dienstweg zwischen dem Polizeipräsidenten und dem Verwaltungschef der Klinik, Geheimhaltung garantiert.

Ihr Handy klingelt. Es ist Johanningmeier.

„Keine Zeit für dich, muss sofort zur Fango“, sagt Annette Sasse. „Langweilst du dich ohne mich?“

„Mir fehlt der Kaffee mit dir!“, seufzt Johanningmeier aus tiefstem Herzen

„Nicht gerade urgesund, iss lieber Dinkel, lauwarm, mein Lieber!“, schlägt Annette vor.

„Das würde mich umbringen!“, scherzt Johanningmeier.

„Klingt schlimmer, als es schmeckt und wird von führenden Essensexpertinnen in ‚unserem Hause‘ empfohlen.“

„Was um des lieben Herrgotts willen ist Fango? Klingt so italienisch oder mexikanisch.“

„Kein Rennfahrer, da liegst du eingepackt in so einem schwarzen Glitschzeugs!“

„Am ganzen Körper? Ich stell es mir bildlich vor!“ Johanningmeier kommt sich plump vor, so zu schäkern.

„Schluss, ich muss los, wir sehen uns!“

„Oder auch nicht!“, scherzt Annette Sasse und hinterlässt ihren Kollegen in einer seltsamen Gefühlsmischung von Sehnsucht und Besorgnis.

Ich bin doch nicht etwa in meine Kollegin verliebt?, fragt er sich und späht in Richtung seines Herzens, ... das führt doch zu nichts, nur zu Chaos ... man soll nicht am selben Ort essen und auf den Pott gehen.

Blöder Satz, denkt er, sie ist eben Annette, meine vertraute Kollegin, eine gute Partnerin, wir sind ein gutes Team und alles andere wäre ohne Sinn und Verstand.

In diese Gedanken vertieft, verbrüht er sich die Zunge mit dem Gesöff, das der Kaffeeautomat auf dem Flur ihm per Knopfdruck beschert hat. Siehste, denkt er, das hast du von dem Quatsch.

27.

Annette Sasse hat dasselbe Zimmer bezogen wie zuvor Frau Canossa.

Der Nachbar zur Rechten ist ein flotter Herr aus dem Rheinland, aus Moers. Beim Mittagessen sitzt sie mit ihm zusammen. Er isst Rotkohl mit Sauerbraten und Pellkartoffeln und schimpft über die Klinikküche: „Das soll rheinischer Sauerbraten sein? Wissen Sie, verehrte Frau, was das ist?"

Annette Sasse weiß nicht, was er meint. „Soll der Leber helfen", schlägt sie vor.

„Das ist ein getrockneter Lederlappen!" Herr Westermann schiebt seinen Teller entrüstet in die Mitte des Zweiertisches.

„Sie bewohnen doch das Zimmer neben der Ermordeten?", fragt Annette Sasse. Herr Westermann setzt eine gewichtige Mine auf. „Ist Ihnen in der letzten Zeit irgendetwas Ungewöhnliches aufgefallen?"

„Nee. Sagens, sind se von die Bullen?"

„Na klar", Annette Sasse lächelt.

Herr Westermann droht mit den Zeigefinger und sagt: „Ich höre zwar nicht mehr so jut, früher war ich ne Luchs, konnte die Flöhe husten hören, aber Sie wissen ja, dat Alter. Aber den Streit, den konnte ich auch ohne Hörhilfe vernehmen, da war mal was im Busch! Aber vorher, da war eine andere Dame drin mein lieber Scholli, da ging aber die Post ab. Die hat das Zimmer gewechselt, fragen Sie mich nicht warum!"

Annette Sasse bemerkt, dass Herr Westermann rot wird.

„Ich bin zwar Katholik, von Hause aus, aber so was gehört

doch in den Karneval, oder?" Karneval, in Bielefeld ein echtes Fremdwort. Magerquark kommt als Nachtisch für Herrn Westermann, und er hat wieder etwas zu meckern.

Am Nachmittag geht der Kurstress weiter: Nach der knapp bemessenen Ruhepause – der Braten muss ja verdaut werden – wird Wasser getreten, heiß und kalt nach Dr. Kneipp, dann Gruppengespräch ohne festes Thema.

„Geredet wurde natürlich über den Mord", berichtet Annette Sasse ihrem Kollegen Johanningmeier, als sie sich nach dem Abendbrot im Park treffen. „Es heißt, es sei ein psychisch Kranker gewesen, und dass die Ermordete sich verfolgt gefühlt habe, und jetzt fühlen sich alle anderen auch verfolgt, drei Frauen sind schon abgereist!" Johanningmeier lächelt mild.

„Paradies auf Dauer macht keinen Spaß. Was mir richtig fehlt, ist der Sündenfall. Erstmal brauche ich jetzt sofort eine doppelte Portion Pommes frites!", sagt Annette Sasse und sie gehen zum Bahnhof, wo sie eine ordentliche Bratwurstbude vermuten, und treffen auf „Spengemanns die Echte, die beste Wurst im Lande".

„Schmeckt!", sagt Annette Sasse und schaufelt sich ein Fuder fettiger Pommes in den Mund. „Willst du auch einen Happen?"

Johanningmeier schüttelt sich. Er trinkt ein Herforder Bier. „Herforder Pils, keiner will's, Barre Bräu, dein Herz erfreu!"

Die kollegiale Stimmung ist blendend. „Wo stehen wir?"

„Immer noch am Anfang!" „Vielleicht kannst du noch mehr aus deinem Lockvogel machen, jetzt, wo du schon mal da bist. Aber bitte pass auf dich auf! Ich brauche dich noch!"

„Soll ich auch so mit dem Bademantelgürtel herumwirbeln wie die Go-go-Girls mit ihren Tangas? Aber mal im Ernst, da gibt es einige Patientinnen allein hier in der Klinik, die sind wirklich – wie würdest du sagen – Geschosse?"

„So was sage ich nie, so was denke ich nicht mal!", verteidigt sich Johanningmeier.

Annette Sasse lacht nur und sagt: „Aber du hast recht: Wenn der Kurschatten nicht aktiv wird, können wir unseren Hut nehmen.“

„Pass auf dich auf!“, entkommt es Johanningmeier ein zweites Mal und er schaut recht ernst aus der Wäsche.

„Klar, versprochen, jetzt muss ich aber zurück in den Edelknast!“

Unterdessen ist die Sonne fast untergegangen. Da muss unser Täter nicht bis Mitternacht warten, ehe er wieder sein Unwesen treiben kann, denkt sie und ihr ist etwas gruselig zumute.

Als Johanningmeier zu seinem Auto schreitet, hört er Annette Sasses Stimme bittend rufen: „Herr Kollege, wie wäre es noch mit einem Bierchen?“

28.

Am Wochenende lädt Mielke Vera zu einem Ausflug ein. Er leiht sich einen stattlichen BMW, und sie fahren ins Umfeld von Bad Oeynhausen. Zuerst geht es Richtung Hermannsdenkmal, wo im Jahre 9 nach Christi Geburt Hermann der Cherusker die Römer besiegt haben soll, einst die höchste Statue der Welt.

Grinsend schauen beide zu dem martialischen Hermann hoch. „Bei dessen Anblick Reichsmarschall Hermann Göring, der für seine Eitelkeit bekannt war, gesagt haben soll: War das denn nötig?“, erzählt Mielke und gibt noch einen weiteren Naziwitz zum Besten: „Sagt einer Heil Hitler, sagt der andere: Heil du ihn doch!“

Einige Kilometer vom Hermann entfernt balancieren sie danach auf Treppchen und Brücken zwischen den steilen Felsen der Externsteine herum. Weiter geht es zum MARTa, einem wunderschönen, harmonischen, modernen Museumsbau in Herford.

Beide haben so gar keine Lust hineinzugehen, dafür möchte Vera aber unbedingt das Rilke-Gedicht entziffern, das sich vor dem Museum mitten über die Straße wie ein langes Band hinzieht und aus großen metallenen Buchstaben besteht.

Hüpfend, prustend und buchstabierend liest sie vor, um am Ende zu rufen: „Ich glaube, diesen Text hat Rilke selber nicht verstanden!" In diesem Moment mag er sie fast, und ein bisschen tut sie ihm leid, wenn er bedenkt, was er mit ihr vorhat.

Als sie gegen Abend wieder in Bad Oeynhausen ankommen, spürt er, dass Vera diesen Tag mit ihm ausklingen lassen will. Aber er ist zu erschöpft, murmelt etwas von Verpflichtungen, die er noch hätte, und setzt sie vor ihrer Klinik ab. Außerdem ist er mit Kitty verabredet, einer zwanzigjährigen angehenden Physiotherapeutin. Er braucht diesen Kontrast zur hauptberuflichen Beschäftigung mit älteren oder alten Frauen.

Das fröhliche Geplapper, die kleinen Sorgen und der Optimismus von Mädchen mildern seine Resignation, verdrängen seine Verzweiflung. Und manchmal denkt er zynisch: Statt „ich bin so alt wie ich mich fühle" könnte ich auch sagen „ich bin so alt wie meine Frauen sich anfühlen", und grinst dann böse in sich hinein. Diesen jungen Frauen erzählt er immer, dass er verheiratet sei, damit sie nicht irgendwann unvermutet vor seiner Tür stehen. Und dass ein Mann in seinem Alter, mit seinem Aussehen und Auftreten verheiratet ist, hat noch keine in Zweifel gezogen.

29.

Der Klinikalltag hat, so kann Annette Sasse schnell feststellen, seine eigenen Gesetze und Regeln. Formal steht das Prinzip Kundenfreundlichkeit obenan, in der Praxis geht es aber um Profitmaximierung, das heißt es müssen pro Patient möglichst viele Anwendungen verordnet und durchgeführt werden. Für die Patienten bedeutet das, einen ziemlich vollen Therapieplan zu bewältigen, für die Angestellten einen großen Zeitdruck.

Die Schaltzentrale eines reibungslosen Ablaufs ist das Servicecenter der Badeabteilung, dort erfolgt die Vergabe und Kontrolle der Anwendungen, Termine werden zugeteilt, jeder Patient hat eine Laufkarte, auf der vermerkt wird, ob die Verordnungen auch wirklich durchgeführt worden sind. Entstehen Lücken, werden sie, wenn möglich, sofort geschlossen.

Das Personal ist bemüht, keine Hektik zu verbreiten und den Eindruck zu erwecken, es ginge nicht um Geld, sondern um Wohlbefinden. Trotzdem hat Annette Sasse – wie viele der Mitpatienten auch, wie sich in Gesprächen in den Wartezonen bald herausstellt –, das Gefühl von atemlosem Getriebensein, von Termin zu Termin: Gymnastik, einzeln und in Gruppen, Badeanwendungen, Bewegungs- und Entspannungstherapie, zwischendrin Packungen, Güsse, Tretbäder, Einzel- und Gruppengespräche, Konsultationen, Visiten usw.

„Puh“, stöhnt Annette Sasse, „das hier hält ja kein Gesunder aus, ich weiß gar nicht, wie Sie das hier durchstehen?“

Die beiden Mitpatienten, die neben ihr in der Wartezone vor der Fangobehandlung sitzen, nicken im Bewusstsein, dass Leiden verbindet, und stöhnen mit.

„Ich heiße Vera“, sagt die Blonde.

„Paul“, sagt der junge Mann, der etwas schüchtern wirkt, und fügt hinzu: „Paulchen, das sagen alle zu mir!“

„Annette“, stellt sich Undercover-Kommissarin vor. Schnell führt das Gespräch auf den Mord im Park.

„Schrecklich, brutal, sind sich alle einig, wer tut so was?“

„Ein krankhafter Lüstling“, meint Paul.

„Hier in einem so beschaulichen Kurort?“, zweifelt Annette Sasse.

„Alles nur Fassade, da guckt doch keiner hinter“, und man wechselt zum Thema überhöhte Preise in der Gastronomie vor Ort, dort sei alles Nepp und Wucher, meinen die beiden Mitleidenden und sind flugs beim Thema Krankheit. „Und, was führt Sie in diese Vorhölle?“, fragt Vera Annette Sasse.

„Haltungsschäden, verursacht durch zu langes Sitzen vorm PC! Und Sie?“

„Psychogene Schmerzzustände, praktisch überall!“

„An die Nerven hab ich es auch!“ sagt Paul, der kurz darauf zur Behandlung gebeten wird.

Frauen unter sich: „Ich meine, wie ist es denn so mit Männern hier in Stöhnhausen?“

„Nomen est omen“, antwortet Vera und lacht. „Muss man vergessen. Die Herren Docs sind tabu, die Therapeuten junge Schnösel und bei den Mitpatienten ist das wie bei Paulchen, die labern einen derart mit ihren Wehwehchen voll, da kann man nur stöhnen ... und zwar vor Kummer!“

„Und die Männer vor Ort?“

„Das ist eine Nummer für sich, die sind wie Hechte im Karpfenteich, wenn Sie wissen, was ich meine.“

„In etwa schon ... und, haben Sie schon einen Hecht gesichtet?“, fragt Annette Sasse.

„Klar, ich bin doch schon zwei Wochen im Teich. So einen ganz netten Raubfisch.“

Annette Sasse lässt sich von Vera alles klitzeklein erzählen, bis diese zur Behandlung gerufen wird.

Es könnte unser Mann sein, denkt sie. Er nimmt lockeren Kontakt auf, ist offensichtlich charmant, mal sehen, ob ich ihn auch treffen kann, wie Vera. Der fühlt sie sich, was die Ausstrahlung ihrer Weiblichkeit angeht, auf jeden Fall gewachsen!

Auf dem Zimmer macht sie eine kleine Generalinspektion. Ihr Körper ist okay, sie fühlt sich leicht und ein wenig aufgeregt. Du musst die Sache ganz professionell angehen, sagt sie sich, kann aber eine gewisse Erregung im Blut nicht ganz verneinen. Netter Raubfisch, hat Vera gesagt, da könnten sich schon Phantasien entzünden, wenn man wollte ... Annette ist sich sicher, das will sie nicht, aber jemanden zu verhaften hätte ja auch seinen Reiz. Dann denkt sie an ihren Kollegen und dessen Besorgtheit, irgendwie hat ihr das gut getan, so als ob jemand ganz leicht ihre Haut berührt hätte, sanft, öffnend, behutsam und nicht wild und rücksichtslos.

Morgen wird sie ihn anrufen und auf den Stand der Ermittlungen bringen. Annette nimmt ihren Bademantel vom Haken, zwei Badetücher aus dem Schrank sowie den Kulturbeutel und verlässt ihr Zimmer. Es ist schon merklich ruhiger im Haus, sie nickt dem Portier zu und geht an der Rezeption vorbei in die Bäderabteilung, wo sich die Sauna befindet.

30.

Annette hatte die Bäderabteilung um Erlaubnis gebeten, nach dem Abendbrot noch die Sauna benutzen zu dürfen, und die hat sie ihr nach Rücksprache mit ganz oben auch erteilt. Sie solle nur nach dem Besuch der Sauna dort die Lichter löschen.

Nach 18 Uhr ist die gesamte Bäderabteilung wie ausgestorben. Es gluckert und tropft und irgendwo piepst eine Apparatur, es riecht nach ätherischen Ölen, Salben, frischen Laken kurz gesagt: nach versammelter Gesundheit.

Die Raumtemperatur im Saunabereich ist feuchtwarm und die Undercover-Polizistin sehnt sich nach trockener Luft, nach dem Motto: Raus aus dem Dschungel, ab in die Wüste. Das Klima erinnert sie an einen Urlaub in Indonesien, dort war die Luft ähnlich schwer. Sie hatte damals einige Mühe, sich an das subtropische Klima zu gewöhnen, und noch heute denkt sie ungern an die Atembeklemmungen zurück. Unterbrochen wurden ihre Empfindungen nur dann, wenn sie eine der vollklimatisierten Räume, wie Hotelhallen, betreten hat.

Annette geht unter die Dusche, um die Körperporen zu öffnen, und betritt dann nur mit einem Badetuch bekleidet den geräumigen Vorraum der Sauna.

Sie fühlt sich zunächst ganz frei und unbeschwert und hofft für eine Stunde alle beruflichen Sorgen abstreifen zu können.

Es ist kein weiterer Badegast mehr da, die Angestellten haben Feierabend und niemand – außer der Klinikleitung – weiß um ihren beruflichen Auftrag, in der Klinik nach Tathinweisen und Verdachtsmomenten oder gar stichhalten Beweisen zur Täterschaft zu suchen.

Ich habe jetzt auch einmal frei, obwohl doch im Dienst, denkt sie und fühlt sich legitimiert, etwas für ihre Gesundheit zu tun.

Genussvoll streicht sie über ihren Körper, er gefällt ihr gut und sie fühlt, wenn sie ganz ehrlich ist, insgeheim auch ein deutliches Verlangen nach liebevoller Begegnung und Berührung.

Sie war schon öfter in Saunaeinrichtungen, aber noch nie so exklusiv und ohne andere Benutzer. Etwas unheimlich ist es ihr schon, besonders, wenn sie daran denkt, was hier vor kurzer Zeit einer Frau geschehen ist. Es gluckert und rieselt um sie herum und außer ihren eigenen Schritten auf dem warmen Saunaboden ist kein menschlicher Laut zu vernehmen.

So schüttelt sie rasch die dunklen Gedanken ab und betritt den Schwitzbereich der Sauna. Sie legt sich auf die Holzbank ganz oben, dort, wo die Hitze sich stauen soll. 100 Grad denkt sie noch, legt ihren Kopf bequem auf das Badetuch, das sie zu einem Kissen zusammengelegt hat, und schlummert ein. Noch ehe sie sich ganz in Morpheus Arme begibt, glaubt sie ein Geräusch gehört zu haben, nimmt es aber nur sehr peripher an der Bewusstseinsgrenze war und sinkt in das Land der Traumphantasie.

31.

Mielke hat in dem Duschbereich für Männer abgewartet, bis er sich sicher ist, dass sich sein Opfer im Schwitzbereich der Sauna befindet. Auch er hat sich seiner Kleider entledigt. Mit angezogenen Klamotten wäre es unerträglich gewesen, lange im Vorraum der Sauna auf Annette Sasse zu warten. Er verspürt einen lästigen Hustenreiz, der dadurch zustande kommt, dass er, um seinen Auftrag ausführen zu können, vorher noch einen Joint geraucht hat. Bloß nicht husten, denkt er, kann aber ein leichtes Räuspern nicht ganz vermeiden. Durch einen Türspalt hat er beobachtet, wie sich sein Opfer entkleidet hat.

Fesche Lady, denkt er und kann sich ein Pfeifen durch die Zähne gerade noch verkneifen, gute körperliche Ausstrahlung ... dann aber besinnt er sich auf seinen Auftrag und wartet, bis die Frau lange genug im Schwitzraum verschwunden ist.

Durch ein kleines Fenster in der Tür der Sauna kann er sehen, dass die dort Liegende bereits eingeschlafen ist.

So vorsichtig wie möglich blockiert er die Saunatür mittels eines Feuerhakens, den er mitgebracht hat.

Es ist dieses Machtgefühl, dass er nur mühsam beherrschen kann, am liebsten würde er Annette Sasse jetzt besuchen. Der alte Rausch ist wieder da ... ein schmerzhaftes Triumphgefühl ergreift ihn. Er kann gar nicht aufhören, die Frau anzustarren, und er zieht sich nur sehr widerwillig zurück, macht dann leise die Tür der Saunaabteilung zu und überlässt die Nichtsahnende ihrem Schicksal.

Keine Gewalt, nur ein Denkzettel, und du verschwindest, sobald die Frau eingeschlossen ist, lautet der Auftrag, der jetzt für ihn erledigt ist.

Ihr schöner fester Körper wird verschrumpelt sein, wenn unser Meister sich Zeit lässt, und die lässt er sich gerne, denkt Mielke, schade.

Er verlässt die Klinik durch einen Hinterausgang mit dem

Schuldgefühl, einen Menschen in Todesgefahr zu bringen. Das hätte Onkel Lothar nie getan, aber der war ja auch ein Weichei.

Da sind sie wieder, die zwei Seelen in seiner Brust, der Hass auf Frauen und der gleichzeitige Wunsch, sie zu retten, sie vor der bösen Welt zu schützen. Sein Konflikt, der ihn sein Leben lang gequält hat, und er vermutet, er wird ihn noch lange weiter quälen. Er ahnt, dass er es wagen muss, sich die Liebe zu seinem Weichei-Ziehvater zuzugestehen und damit die Tür zur Bearbeitung seiner tiefer liegenden Ohnmacht zu öffnen, zu der Trauer und der Solidarität zum kleinen Kurt.

Soweit hat er den Gedanken von Dr. Sauer noch folgen können oder besser gedacht, folgen wollen. Hier, denkt Mielke, liegt der Hase im Pfeffer. Hastig wendet er sich ab und geht in Richtung Kurpark, dorthin, wo vor ein paar Tagen diese blonde Frau ermordet wurde. Nein, so etwas will er nicht denken, dass er womöglich auch zu einem Mörder werden könnte, aber er spürt, dass er nicht frei ist von Schuld.

Er zündet sich eine Fluppe an, beschleunigt seine Schritte und spürt, dass er nichts anderes will, als schnell zu Hause zu sein, Tür zu, und nichts mehr hören und sehen. Mensch Kurt, mach etwas Gescheites aus deinem Leben, lern etwas, du hast doch einen guten Kern, die Worte seines Stiefvaters haben ihm nicht geholfen. Jeder Form von Verantwortung und Druck hat er sich entzogen, aber ob er in Lothars Augen bestanden hätte? Nein, sicher nicht.

32.

Als Annette erwacht, schwimmt sie in ihrem Schweiß, ihr Kreislauf müht sich ab und ihr ist etwas schwindlig. Leichte Panik steigt in ihr auf, sie will die Brutkammer verlassen, aber die Tür nach draußen lässt sich nicht öffnen. Klemmt sie?

Annette rüttelt an der Tür, sie bleibt verschlossen. Ihre Gedanken rasen, die Panik steigt, Indonesien ist ihr näher, als sie gedacht hat. Sie setzt sich nach unten und untersucht die Tür. Die Sauna ist ganz mit Holzplanken vertäfelt, es gibt keinen Gegenstand, der sich zum Hebeln eignen könnte.

Ihre Verzweiflung wird größer. Deeskalation, denkt sie, cool bleiben, bei dem Gedanken an „cool" lacht sie bitter auf.

Hat sich da jemand etwa einen schlechten Scherz erlaubt? Nein, das hier ist kein Scherz, hier will ihr jemand ans Leben. Sie kann die Panik kaum mehr unterdrücken, sie schreit laut um Hilfe. Ihr Kollege fällt ihr ein, was würde der tun? Sie legt sich vor die Tür, sucht nach einem Türspalt, vergeblich, dann hämmert sie wieder dagegen und ruft noch lauter, sie wird langsam heiser, ihr wird schlecht und sie bekommt heftigen Durst. Ihr Handy ist natürlich draußen in der Umkleidekabine geblieben. Niemand kann wissen, dass sie hier unten eingeschlossen ist, bis auf den, der ihr das eingebrockt hat. Irgendwann erlöst sie ein Bewusstseinsverlust, Ohnmacht ist die angemessene Reaktion auf Ohnmacht, ist ihr letzter Gedanke.

Als sie aufwacht, ist jemand bei ihr, der ihr hilft aufzustehen. Ihre Fingernägel sind abgebrochen, wohl das Ergebnis vieler untauglicher Versuche, die Holztür zu öffnen.

Dr. Hoppe steht neben ihr, er reicht ihr ein Handtuch, mit dem sie sich notdürftig bedecken kann.

„Wie konnte das passieren?", Dr. Hoppe fragt ohne Mitgefühl, denkt Annette, und er sagt dann: „Bitte, ziehen Sie sich an, ich bringe Sie nach oben."

„Ich habe Sie gesucht, um den Stand Ihrer Ermittlungen zu erfahren, aber Sie waren nicht in Ihrem Zimmer. Der Pförtner hat gesehen, wie Sie in die Sauna gegangen sind, und jemand hat die Tür blockiert. Wer zum Teufel tut so etwas? Gesucht und gefunden, wie Sie sehen mit gutem Erfolg!"

Annette spürt eine heftige Wut in sich. Diese Geschichte scheint ihr mehr als windig, sie ist ihm aber trotzdem dankbar, hätte sie doch ungern eine vertrocknete Rosine abgegeben. Sie mag keine Rosinen, wohl aber Wein. Nun weiß sie auch warum.

Dr. Hoppe bringt sie auf ihr Zimmer und holt Schwester Eva. Und da keine Schlange in Sicht ist, schläft Annette bald wie ein Murmeltier im Paradies, aber nicht, ohne zuvor noch ihrem Kollegen auf die Mailbox gesprochen zu haben, dass es ihr gut gehe, aber, dass sie ihn darum bitte, über Dr. Hoppes Vorleben etwas in Erfahrung zu bringen ...

33.

Am anderen Morgen bekommt sie von Johanningmeier einen ersten Bericht, gerade als sie ihr Frühstücksei mit dem Messer köpfen will. Johanningmeier erstattet Rapport und fasst seine Recherche folgenderweise zusammen: „Unser die Polizei meidender Verwaltungschef der Klinik, Dr. Hoppe, hat eine etwas bizarre und verworrene Vergangenheit. Er ist gebürtiger Chilene deutscher Herkunft, geboren 1950 in Temuco. Er hat nach seiner Jugend in Chile das Land verlassen und hat in Düsseldorf Wirtschaft studiert. Er ist polizeilich nicht auffällig geworden, ist aber 1990 kurze Zeit in der Neonaziszene aufgetaucht und nach einer erfolglosen Kandidatur für die NPD in Ostdeutschland wieder aus der Öffentlichkeit verschwunden. Bei seiner Bewerbung als Verwaltungschef spielte seine Nähe zur Nazi-Szene nur deshalb keine Rolle, weil sie für eine vorübergehende Verirrung des an sich untadeligen Verwaltungsmannes angesehen wurde. Letztendlich war seine unzweifelhafte Fachkompetenz entscheidend für seine Anstellung."

„Ein Vorgang, der im demokratischen Deutschland eine große Tradition hat", bemerkt Annette, „man denke nur an die Weiterbeschäftigung vieler ehemaligen Nazigrößen in Justiz und Verwaltung nach dem Krieg."

„Für seinen Vater war dessen Vergangenheit ja wohl ungebrochen, da musste auch nichts bewältigt werden." Johanningmeier sagt das mit einem bitteren Unterton, wird aber zur Absicherung seines Verdachts noch von unterwegs aus via Interpol Kontakt zu seinen chilenischen Kollegen in Santiago aufnehmen. Er soll noch am selben Abend erfahren, dass Dr. Helmut Hoppe, verstorben 1991, noch vor dem Ende des Zweiten Weltkriegs als ehemalige Nazigröße in Chile untergetaucht und nach dem Putsch gegen Allende wieder aufgetaucht war. Der alte Hoppe hat – vom Regime Pinochet geschützt – bis zu seinem natürlichen Tod in Mittelchile als angesehener Bürger der deutschen Kolonie in der Colonia Dignidad unter seinem deutschen Namen gelebt.

Nun aber wird Johanningmeier noch einen Ton ernster und sagt: „Annette, ich weiß ja noch nicht, was genau passiert ist, aber du beendest diese Scharade jetzt auf der Stelle, trotz saftigem Dinkelbrei und der ganzen Ölerei. Ich wusste von Anfang an, dass diese Undercover-Geschichte eine Schnapsidee ist, aber mein Wort in Gottes Ohr!" Johanningmeier unterdrückt dabei nicht den besorgten Unterton in seiner Stimme.

Annette widerspricht ihrem Kollegen und sagt: „Und ich bin felsenfest davon überzeugt, dass das der einzige Erfolg versprechende Weg ist, auch wenn ich mit dieser Saunageschichte fast gescheitert wäre."

„Und? War es heiß in der Höhle des Löwen?", fragt Johanningmeier.

„Ziemlich", gibt Annette Sasse zu, „es ist so eine Art Fegefeuer!"

„Die Vorstufe zum Himmel", sagt Johanningmeier, „die muss jeder früher oder später durchleiden."

„Dann habe ich ja schon mal angefangen! Mit manchen Sachen kann man nicht früh genug beginnen, um letztlich in den Himmel zu kommen", sagt Annette munter.

34.

Bad Oeynhausen war ehemals ein mondänes Bad, noch heute erkennbar an den vielen hochherrschaftlichen Villen rund um den Kurpark.

Annette Sasse hat sich von dem Angriff erholt und fühlt sich jetzt, ein paar Tage später, fast wieder eingelullt von der unaufgeregten Atmosphäre, die in den Gast- und Badehäusern des Ortes vorherrscht. Einmal dem emsigen Klinikbetrieb entkommen, fühlt sie diese erholsame Schläfrigkeit des Kurklimas und nutzt die behandlungsfreien Stunden, um sich in den überteuerten Geschäften der Bäderstraßen umzusehen.

Bald wird sie die Realität des Polizeialltags wieder erreichen, ist sie doch um 18 Uhr mit ihrem Kollegen Johanningmeier verabredet.

„Zum Raben" heißt das Lokal gutbürgerlicher Küche und gepflegter Weine.

„Na, hast du unseren Täter schon ins Visier genommen ... blond steht dir übrigens verdammt gut!"

Beide werden leicht rot und Johanningmeier kommt der alte Schlager „Tausend Mal berührt, tausend Mal ist nichts passiert!" in den Sinn.

Sie sitzen im Lokal recht nahe nebeneinander, um ein verliebtes Paar zu spielen, und nichts soll auf ihren kriminalistischen Hintergrund hindeuten.

„Wir sollten uns auch mal küssen, natürlich nur aus rein taktischen Erwägungen heraus", schlägt Johanningmeier vor, und ehe er sich versieht, berühren sich ihre Lippen.

Johanningmeier fühlt sich von einer fast vergessenen Gefühlsintensität in die Luft gehoben. „Ist das eigentlich normal?", fragt er und Annette Sasse legt einen Finger auf seinen Mund.

„Das wurde aber auch langsam mal höchste Eisenbahn!", stellen beide unisono etwas später fest.

„Daran ist nur diese verdammte Kurklinik schuld, da erscheinen einem normale Männer, die keinen weißen Kittel tragen, leckerer, als sie sind, selbst wenn sie nur professionell zulangen“, sagt Annette Sasse, zieht aber ihre Hand nicht zurück, sondern küsst ihren Kollegen erneut, nun aber mit echter Inbrunst.

„Was hältst du von einer Privatmassage als Extraanwendung, ohne Mehrpreis und ohne Praxisgebühr?“

Johanningmeier spürt, wie eine lang ersehnte Wärme sich inwendig ausbreitet, und die beiden eilen Hand in Hand wie zwei Teenies durch den Kurpark wie Patienten einer Heilstätte mit dem Ziel einer heiß verordneten ganzheitlichen Anwendung, sprich einem Hotel mit Doppelbett entgegen.

35.

Mitten in der Nacht wacht Johanningmeier schweißüberströmt auf. Er ist so viel Nähe nicht mehr gewöhnt, der einsame Wolf, der er geworden ist.

Er versucht Annette nicht aufzuwecken, die neben ihm liegt und leise schnarcht. Er geht ans Fenster des Hotelzimmers und blickt nach draußen, es dämmert.

Ein neuer Tag steigt aus dem Bett, denkt er poetisch beflügelt. Es kann nur besser werden.

Er schmunzelt. Annette murmelt im Schlaf, das gibt ihm das lang vermisste Gefühl von Verbundenheit. Johanningmeier entnimmt der Minibar eine Flasche Selters und gießt sich ein Glas mit der perlenden Flüssigkeit ein.

Man kann, so hatte Dr. Sauer gesagt, das Leben als halbleeres oder halbvolles Glas ansehen, er sei ein unverbesserlicher Optimist, deshalb sei sein Lebensmotto halbvoll.

Johanningmeier setzt sich auf die Bettkante und schaut seine tief schlafende Kollegin an. Wer schläft, sündigt nicht, sie sieht so zart aus! Es macht schon Spaß, mit ihr Verbrecher zu jagen und zur Strecke zu bringen, zusammen sind wir stark!

Plötzlich einsetzender Hunger wird erfolgreich durch ein übrig gebliebenes, einsam daliegendes Sandwich bekämpft. Es schmeckt ziemlich fade, die Wurst hat schon Wellen geschlagen. Er vertilgt es trotzdem mit Genuss und konstatiert ein Glücksgefühl.

Ihm wird kalt, er legt sich wieder neben Annette und lauscht ihren Atemzügen bis die Morgenvögel zu hören sind, die scheinbar grundlos Radau machen.

„Guten Morgen, mein Lieber! Wie schön, dass du noch da bist, ich dachte schon, du hättest die Flucht ergriffen, von wegen Verpflichtung!“, sagt Annette und räkelt sich wohlig.

„Wo denkst du denn hin?“, entrüstet sich der Gefragte, „ich bin doch bindungsfähig.“

Annette sieht ihn ungläubig an und sagt dann: „Wer's glaubt, wird selig!“

Johanningmeier schwört auf der Stelle ewige Liebe und Treue und alles, was man so sagt, wenn alles noch neu ist.

„Du bist süß!“, murmelt Annette. Dann wirft sie die Decke zur Seite und sagt: „Ich gehe duschen.“

„Was ein echter Kollege ist, der geht überall mit hin!“, sagt Johanningmeier und die beiden gehen ins Bad, mit dem Ziel, sich anschließend gleich wieder hinzulegen.

„Wie sagt Mao noch: Der Weg ist das Ziel. Oder war das Laotse?“

„Wie die Kinder“, lacht Annette, „wir benehmen uns wie Kinder.“

„Genau, unschuldig und frei!“

Dann singen sie unter dem fließendem Wasser im Duett Johnny Cash: „If I were a carpenter and you were a lady”, gibst du mir heute deine Einsamkeit, dann gebe ich dir meine morgen ... und danach „Come and help me through the night ... come and lay down by my side till the early morning light.“

Johanningmeier findet, dass Annette nicht nur schöne Hände hat, sondern auch eine schöne Altstimme. Beide wissen nur den Text der ersten Strophe und der Rest wird frei erfunden.

„Improvisation war immer schon eine Stärke von mir", brummt Johanningmeier, „nein, von uns, wir sind doch das Dreamteam aus Bielefeld, kühn und unschlagbar!"

„Einig und eilig", ergänzt Annette und beide lachen.

36.

Draußen dampft der Park, weil die wärmenden Strahlen der Frühsonne die über Nacht gefallene Regenfeuchte zur Verdunstung bringen. Im Speisesaal des Hotels sitzen die beiden fast allein, sodass sie ihrer neu gewonnenen Qualität von vertraulicher Nähe auch ausgiebig Ausdruck verleihen dürfen, ohne jemanden damit zu stören.

Ab 11 Uhr fängt es wieder an zu regnen, sehr ergiebig: Die Dachrinne, die man vom Fenster des gemütlichen Hotelzimmers aus sehen kann, vermag das Regenvolumen kaum fassen, und wäre es schon Wochenende, wären sie jetzt nach dem ausgiebigen Frühstück mit zwei Eiern und Kochschinken einfach zurück ins Bett gekrochen. So aber muss sich Johanningmeier telefonisch an seinem Arbeitsplatz in Bielefeld krankmelden und vorgeben, dass er heute leider das Bett nicht verlassen dürfe bzw. wolle. Und Annette Sasse, weiter undercover agierend, genehmigt sich eine Erholungspause vom gesamten Kurbetrieb, was sie nur der Klinikrezeption ohne große Begründung mitteilen muss.

Der Lösung ihres gemeinsamen Falles wird ebenfalls eine Denkpause gegönnt, während der sich das Betriebsklima im Kommissariat merklich entspannt.

Wirklich vermisst werden beide Kommissare den ganzen Tag und die folgende Nacht nicht, was wieder einmal belegt, dass wir alle ersetzbar sind. Für alles und jedes Vergehen können sie sich guten Gewissens ein gegenseitiges Generalalibi geben.

Die Frage, die sich Johanningmeier mitten in der Nacht stellt, ist, ob man am selben Platz, an dem man isst, auch schlafen sollte. Er ist nur mittelmäßig beunruhigt. Da ist er sich sicher, das wird die Zukunft beantworten.

Genießen wir doch das Jetzt, denkt er und will weiterschlafen. Berufliches kommt ihm noch in den Sinn: alle Verbrechen, mögen sie noch so genial ausgedacht und durchgeführt worden sein, hat es schon einmal gegeben, auch wenn sie noch so ungewöhnlich und interessant sind. Dann dämmert er weg.

37.

Dr. Sauer wird am selben Morgen geheilt aus der Klinik entlassen. Die zwei Tage im Bett zu liegen, keine Patientenkontakte zu haben, das hat ihm gut getan. Wie viele, die geben und geben, hat auch er erkannt, wie er sich übernommen hat.

Ganz ungewöhnlich für mich alten Workaholic, Freizeit zu genießen, ich muss wohl zu meinem Glück gezwungen werden, denkt er, als er am Steuer seines Wagens die Heimfahrt antritt.

„Treten Sie doch einfach mal ein bisschen kürzer!“, hatte sein Doc gesagt und gelächelt, als er gewahr wurde, dass sein Rollstuhlpatient seinen Ratschlag wohl schwerlich wörtlich nehmen konnte.

Marianne erwartet ihn vor der Haustür, umarmt ihn flüchtig noch im Wagen, um dann den faltbaren Rollstuhl aus dem Kofferraum des Autos zu holen.

Ist auch nicht immer leicht für sie, denkt Dr. Sauer, wenn Zuneigung und Hilfestellung so nah beieinander liegen müssen, da kann die Liebe schnell den Bach runtergehen! Sagt es aber nicht, sondern fragt nach ihrem Wohlbefinden.

„Ich hatte große Angst um dich und habe sie noch immer", sagt Marianne. „So schnell kommst du mir nicht mehr aus dem Haus!"

„Keine Angst, meine Liebe", sagt Dr. Sauer wenig überzeugend. „Die von der Kripo haben schon eine heiße Spur, aber wohl im Fall Canossa!"

„Du kannst mir nichts erzählen. Gleicher Abend, sie war deine Patientin, du warst so aufgewühlt, warum bist du denn so spät noch losgefahren ... du hast ja keine Ahnung, wie groß meine Sorgen waren!", Marianne weint.

Dr. Sauer, der sich im professionellen Umgang mit Trauer und Schmerz auskennt, ist im privaten Bereich eher scheu und bequemt sich nur zu einer knappen Mitleidsbekundung.

Ich bin professionell deformiert, denkt er und überlegt, wie es dem Besitzer eines Beerdigungsunternehmens wohl bei einem privaten Todesfall ergehen könnte.

Immer wieder muss er an die Familiensitzung vor Frau Canossas Ermordung denken – wie sehr er entrüstet war, ob und wie sehr er Frau Canossa mit seinem eigenen Krimskrams überfrachtet hat, und ob das alles zusammenhängt.

Verbrechen gegen die Menschlichkeit, ungesühnte Tat, Schuld, Familienaufträge und dann die Angst von Frau Canossa in der realen Welt von Bad Oeynhausen.

Ob es in dieser aufgeräumten Kurstadt so einen fiesen Verbrecher geben kann, geben darf?

Unsinn, so eine Frage. Es ist doch geschehen, die Frau ist tot und er selber hat nur mit Mühe und Not überlebt.

38.

Johanningmeier fühlt sich wie neugeboren. Hand in Hand schlendert, schleicht, läuft, rennt und springt er mit Annette Sasse durch den Wald entlang der Werre. „Einmal nach Minden und zurück", ruft er und imitiert den Haller Willem, eine historische Eisenbahn im Ravensberger Land.

Wie zufällig gelangen die beiden Kommissare an die Stelle, an der das Attentat auf Dr. Sauer verübt wurde.

„Warum hat man ihn ins Wasser gestoßen?", fragt Annette Sasse.

„Um ihn zum Schweigen zu bringen, ist doch klar! Der Typ ist Therapeut – das, was der kann, ist reden!", sagt Johanningmeier und küsst Annette auf den Mund.

„Aber, nun mach mal eine Pause, so einer hat doch Schweigepflicht, der darf doch gar nicht reden. Es hilft nichts, ich muss in die Klinik. Morgen ist Entlassungstag, dann fahren alle, die mit Frau Canossa auf Kur waren, nach Hause!"

„Hilfe!" Johanningmeier ist mit seiner gesamten Kluft ins Wasser gesprungen und ruft: „Rette mich Annette, ich kann nicht schwimmen!"

„Selbst schuld", lacht die und ruft: „Bis später, mein Lieber, ich muss in die Klinik, um 18 Uhr gibt es Abendbrot."

Johanningmeier watet ans Ufer und rennt hinter Annette Sasse her, wobei das Werrewasser aus seiner Kleidung nach allen Seiten spritzt. Als besonderen Gag schüttelt er sich wie ein Hund und Annette Sasse freut sich an ihrem jungenhaft wirkenden Kollegen.

Am Rand des Kurparks trennen sie sich, Johanningmeier fährt nach Bielefeld, Annette Sasse eilt in die Klinik, um die betreffenden Patienten und das Personal möglichst diskret zu befragen. Die, die mit Frau Canossa zusammen waren, zum Beispiel auf dem Flur, beim Essen, beim Sport oder in einer der zahlreichen Therapiegruppen verdienen ihr besonderes Interesse.

39.

Annette betritt die Klinik, eilt durch das Foyer und entdeckt Herrn Hirschberg. Herr Hirschberg ist kein Unbekannter für sie, hatte doch Dr. Sauer berichtet, er habe in der Familienaufstellung die Rolle von Frau Canossas Großvater übernommen

Herr Hirschberg ist zunächst wenig erfreut, als er von Annette Sasse befragt wird, wirkt dann aber versöhnt, als die Kommissarin ihre Beweggründe und ihre berufliche Identität offenlegt.

„So, aus Bielefeld kommen Sie, das heißt dann doch wohl, dass es eine Stadt dieses Namens wirklich gibt?!“

„Und sehen wir uns nicht in dieser Welt, dann sehen wir uns in Bielefeld!“, lacht Annette Sasse.

„Das erinnert mich an den Trost spendenden Ausspruch der Juden in der Diaspora: Nächstes Jahr in Jerusalem!“, und fast übergangslos fragt er: „Frau Kommissarin, glauben Sie, dass es Menschen gibt, die die Gewalt anziehen, wie ein Magnet das Eisen?“

Annette Sasse schüttelt spontan den Kopf: „Nein, das glaube ich nicht, das ist nicht meine Erfahrung. Es gibt aber Menschen, die sich immer wieder zum Opfer machen oder machen lassen, in deren Leben herrscht viel Gewalt!“

„Ich habe es mein Lebtag lang nicht aufgegeben zu wünschen, dass es solche Schicksale nicht geben sollte!“

Annette Sasse sieht den kleinen alten Mann lange an und bittet ihn dann von dem Tag vor der Ermordung von Frau Canossa zu erzählen. Sie sieht, wie ein paar Tränen über die vom Alter und Leben geprägten Wangen von Herrn Hirschberg herunterlaufen. Er weint lautlos.

Annette Sasse denkt an ihren Kollegen und nun auch Geliebten: Dass Freude und Leid so eng beieinander liegen können. Sie bemerkt, dass Herr Hirschberg sie weiter ansieht. Sie hört seine Entschuldigung, dass es eigentlich nicht seine Art sei, vor der Polizei zu trauern, aber sie habe ihn irgendwie dazu ermutigt.

„Der Therapietag war wie die meisten anderen, man hetzte von Anwendung zu Anwendung, wurde ‚mit aller Macht' gesund gemacht, am Morgen schon war ich der Opa von Frau Canossa." Annette Sasse ist davon beeindruckt, dass der Sprachduktus beim Bericht über die Gruppensitzung deutlich versachlicht wird. Herrn Hirschbergs Stimme wird merklich belegter, angespannter und die Kommissarin muss mehrmals nachfragen, bis sie ein ungefähres Bild vom Ablauf der Sitzung bekommt. Herr Dr. Sauer sei ein sehr engagierter Therapeut, vielleicht etwas zu wenig abgegrenzt.

„Wie meinen Sie das?", fragt ihn Annette Sasse:

„Nun, positiv wie negativ, er geht nah ans Leiden heran, aber auch an die Freude und Lust!"

„Näher als er darf?", fragt die Kommissarin und denkt unwillkürlich an die vergangene Nacht in den Armen ihres Kollegen.

„Nehmen Sie nur einmal die Gruppenarbeit mit Frau Canossa, jeder konnte wahrnehmen, dass er sich unmittelbar involviert fühlte."

„Und Frau Canossa ist sehr attraktiv gewesen!", sagt Annette Sasse.

„Nein, nein, natürlich war sie das, aber darum ging es nicht, es war diese Geschichte: Dr. Sauer war zutiefst davon überzeugt, dass Ungesagtes ans Licht will, dass Ungesagtes im Untergrund weiter wirkt und dass man es bannen muss, damit man davon loskommt!"

Annette Sasse und Herr Hirschfeld verabschieden sich, nicht ohne sich fest die Hände zu schütteln. Der Händedruck von Herrn Hirschfeld ist kräftig und wirkt jung. Es ist doch schön, denkt Annette Sasse, dass es Menschen gelingt, ihre Energie auch bis ins hohe Alter zu behalten, das wünsche ich mir auch für mich, und sagt: „Apropos Bielefeld: Im Ersten Weltkrieg war Bielefeld so etwas wie ein Haupt-Lazarett-Platz. Deshalb war der Ausspruch: ‚Dann sehen wir uns in Bielefeld' ein Ausdruck der Hoffnung. Und ohne die könnten wir doch gar nicht leben, oder? Schlafen Sie gut!"

40.

„Was haben wir denn bis jetzt über Dr. Sauer? Der scheint doch wirklich der Dreh- und Angelpunkt dieser ganzen seltsam verworrenen Geschichte zu sein?" Johanningmeier sitzt mit Annette Sasse in dem gemeinsamen Büro in Bielefeld, beide sind sich ihrer besonderen Nähe bewusst, versuchen aber trotzdem eine gewisse professionelle Distanz zu wahren, um arbeitsfähig zu bleiben.

Annette Sasse beginnt: „Unser Kurpsychologe Dr. Sauer steht kurz vor seiner Pensionierung. Er ist Jahrgang 45, gerade noch ein Kriegskind, war wohl dereinst ein sozial und historisch interessierter Student und Teil der 68er-Bewegung, hat sich dann aber politisch und beruflich etabliert und führt ein bürgerliches Leben."

„Ich mache mal weiter", sagt Johanningmeier. „Seit der Jugendzeit ist er nach einem Unfall behindert und sitzt im Rollstuhl. In seiner Funktion als Psychologe ist er in der ‚Klinik am Kurpark' beratend und gutachtend tätig. Über sein Privatleben wissen wir, dass er in dritter Ehe mit seiner Frau Marianne am Stadtrand von Bad Oeynhausen lebt."

„Soweit zur Lebensgeschichte", Annette Sasse fährt fort und zwinkert Johanningmeier zu, worüber beide lachen. „In den späten Abendstunden des betreffenden Tages wird der Doktor halbtot aus dem Flüsschen Werre geborgen. Er war offensichtlich mit seinem Rollstuhl nahe ans Wasser gerollt, wo ihn ein Unbekannter in das Flüsschen gestoßen hat. Wir entdecken kaum verwertbare Fußabdrücke hinter den Reifenspuren. Mach du weiter!"

Johanningmeier schaut seine alte Kollegin und brandneue Geliebte an und nickt: „Vermisst und gefunden hat ihn seine Ehefrau. Sie hatte vergeblich mit dem Abendessen auf ihn gewartet, nachdem er noch einmal frische Luft schnappen wollte." Er holt einen tiefen Atemzug und fährt dann fort: „Jemand ruft an und warnt sie, und sie alarmiert voller Sorge die Nachbarn und alle gemeinsam holen den unfreiwilligen Badegast aus dem Schlammbad."

Annette Sasse resümiert: „Dr. Sauer arbeitet seit langem mehr oder weniger erfolgreich in der Klinik. Aktuell betreut er zirka 30 Patienten in der Klinik. Er sieht einige von ihnen regelmäßig in Einzelgesprächen oder in der psychoedukativen Gruppenarbeit".

„Wie bitte, in was für Dinger?", fragt Johanningmeier verdutzt.

„Muss wohl Latein sein und das hatte ich nicht in der Schule, also weiß der Geier", sagt Annette Sasse, „das stand im Prospekt! Auf jeden Fall befand sich unter seinen Patienten auch unsere Greta Canossa, ihres Zeichens Ehefrau von Pietro Canossa, diesem italo-ostwestfälischen Modetyp, wohnhaft in Rietberg. Vor ihrem Tode war sie in Bad Oeynhausen zur Kur."

„Dr. Sauer hat mir berichtet," sagt Johanningmeier, „dass er sie in der Einzeltherapie hatte. Sie litt nach seiner Diagnose unter einer massiven Angsterkrankung. ‚Ich werde verfolgt', war ihre Angst. Dr. Sauer hat auch erzählt, was sie im Rahmen der Familienaufstellung herausgefunden haben: Dass ihr Großvater väterlicherseits im hohen Alter von 85 Jahren – als er sich irrtümlicherweise dem Tode nah fühlte – Frau Canossa gebeichtet hat, dass er an der Ermordung einer Gruppe italienscher Partisanen aktiv beteiligt gewesen sei. Diese familiäre Untat habe sie so belastet, dass sie laut dem Doktor die Angsterkrankung ausgelöst haben muss. ‚Sprechen statt Schweigen', habe seine heilsame Formel gelautet. Wer aber hat ihn schwimmen lassen und wer hat Greta Canossa auf dem Kerbholz? War es dieselbe Person, war es der Ehemann?"

„Man bringt doch nicht einfach seine Frau um", sagt Annette Sasse.

„So einfach nicht, aber man tut einiges, damit die Familienehre sauber bleibt und die Firma nicht den Bach runtergeht!", sagt Johanningmeier, „es sind bisher zwar noch alles Vermutungen, aber der Kreis der Verdächtigen wird kleiner!"

41.

Dr. Lüttgenotto hat seit einigen Nächten Albträume. Er kennt dieses Phänomen schon aus Kindertagen. Immer dann, wenn er etwas verbockt hatte, ist er von seinem Vater überhart bestraft worden. Der riss seinen Gürtel aus der Hose und es setzte Prügel. Jahrelang hatte er Angst vor diesem Vater, sie verlor sich erst, als er ihn bis zu dessen Tod pflegte.

Er sitzt erstarrt in seinem Büro und ist der Last seiner Schuldgefühle ausgeliefert, seine Gedanken umzingeln ihn, er hat sich in seinem Leben noch nie so jämmerlich und hoffnungslos gefühlt. Die wildesten Phantasien durchqueren sein Gehirn. Er denkt an die Passionsspiele. Der Tod ruft: Jedermann! Der Bote aus dem Jenseits klopft an die Tür und fordert das Requiem ein.

Dr. Lüttgenottos Blicke wandern durch den Park. Es dämmert. Irgendwo hinterm Wiehengebirge ballt sich ein Gewitter zusammen. Die Luft ist aufgeladen. Er öffnet das Fenster. Im Norden wetterleuchtet es. Watt mutt, datt mutt! Jetzt mache ich meinem Namen alle Ehre. Von wegen lütt! Entschlossen nimmt er seine Jacke und geht zum Parkplatz der Klinik. Nur ein Geständnis kann mich noch retten. Ich werde mit Rainer sprechen. Der wird meine innere Pein verstehen. Als er vor seinem Auto steht und nach dem Zündschlüssel kramt, wird ihm plötzlich bewusst, dass sein Leben an einem Scheideweg steht. Wer weiß von meinem Betrug? Bislang niemand, warum soll ich mich freiwillig ans Messer liefern? Diese Kommissare ermitteln doch in eine ganz andere Richtung. Oder hat diese Frau Canossa geplaudert, und wenn, mit wem? Mit ihrem Mann, mit Rainer? Keiner wird ihn verdächtigen, der Täter zu sein, schon seine Rolle als Oberarzt bietet ihm einen gewissen Schutz. Er steckt den Autoschlüssel ins Türschloss, setzt sich auf den Fahrersitz und lenkt seinen Wagen in Richtung Autobahn.

42.

Die Fahrt nach Rietberg dauert nur 30 Minuten. Lüttgenotto drückt ordentlich aufs Gaspedal. Er hat noch keinen genauen Plan. Ich könnte meinen Besuch als eine von ärztlicher Seite legitimierte Fürsorge deklarieren. Eigentlich nur eine Fortsetzung meiner konsequenten Haltung. Nach dem Motto: Ich als der behandelnde Arzt ihrer verstorbenen Frau möchte Ihnen mein Beileid persönlich aussprechen und Sie fragen, ob Sie noch Fragen an mich haben, entschuldigen Sie bitte den Überfall, es lag mir so auf der Seele, dass ich mich ganz spontan, nach Dienstschluss, entschieden habe, Sie aufzusuchen.

Als er an der Haustür klingelt, erschallt ein lautes Bellen von innen und einige Sekunden später öffnet ihm der Hausherr die Tür. „Guten Abend“, sagt Lüttgenotto und will Herrn Canossa den Grund seines Erscheinens erklären, doch Pluto schiebt sich zwischen die beiden Männer und knurrt. Lüttgenotto fasst nach seiner Brusttasche, die ganze Situation ist voller Spannung. Herr Canossa reagiert, er lässt Pluto von der Leine und der springt den Fremden an. Lüttgenotto kommt nicht mehr dazu das Klappskalpell zu öffnen, das er sich aus dem Arztzimmer der Klinik eingesteckt hatte, er reißt die Arme hoch, lässt das Messer fallen und geht zu Boden. Canossa ist im Nu über ihm und fesselt ihn mit der Hundeleine. Seine Bewegungen sind sicher und schnell, dazu kommt, dass er gut trainiert ist, während Lüttgenotto den Kampf erst gar nicht richtig aufnimmt. Zwei Minuten, höchstens drei dauert das Gerangel und endet damit, dass beide im Wagen sitzen, der Italiener fährt. „Bitte, bringen Sie mich zu Dr. Sauer nach Bad Oeynhausen, der kann dann die Polizei verständigen!“, bittet Lüttgenotto seinen Widersacher. Herr Canossa nickt und gibt Gas.

43.

Dr. Sauer hat nach Dienstschluss noch hin und wieder ein paar Termine wahrzunehmen in seiner kleinen Praxis, wo er einige Patientinnen und Patienten behandelt, die seine psychologische Hilfe privat in Anspruch nehmen. Für Marianne war diese Zusatztätigkeit seit je ein rotes Tuch, weil sie all die Jahre fand, dass sich ihr Mann zu sehr verausgabe.

Es klingelt und Dr. Sauer kann per Knopfdruck die Eingangstür der Praxis von seinem Schreibtisch aus öffnen.

Statt des erwarteten Patienten kommt Dr. Lüttgenotto zur Tür herein. Er ist nicht allein, mit ihm kommt, ihn vor sich her schiebend, Herr Canossa. Beide wirken seltsam ruhig. Wie nach einem Gewitter, denkt Dr. Sauer. Sein Kollege Lüttgenotto wirkt leblos, seine Hände sind auf den Rücken gefesselt, so ergeben hat er ihn noch nie erlebt.

Er hat mit ihm seit dem Telefonat in der Klinik nicht mehr gesprochen, nach dem Attentat und seinem Krankenhausaufenthalt war er auch nicht mehr an seinem Arbeitsplatz gewesen, hat aber gehört, dass Dr. Lüttgenotto an der Schweinegrippe erkrankt gewesen sei, das häusliche Bett gehütet und seinerseits auch nicht gearbeitet habe.

„Armin! Was hat das alles zu bedeuten?“, fragt Dr. Sauer und deutet auf den Patientenstuhl vor seinem Schreibtisch. „Du bist ja völlig am Ende!“

Herr Canossa übernimmt die Gesprächsinitiative und schildert Dr. Sauer mit knappen Worten, was in Rietberg vorgefallen ist. „Ich lasse Sie jetzt einen Moment allein, dann rufen Sie die Polizei!“, sagt er und geht in den Flur, die Tür zum Büro lässt er wohlweislich angelehnt.

Dr. Sauer fasst seinen Kollegen am Arm, der unter Tränen zusammenbricht. Unter Heulen und Zähneklappern erzählt ihm Armin Lüttgenotto von seinen Untaten, von seinem Betrug, seinem Streit mit Greta Canossa und seinem Angriff auf sie. „Und ihren Mann wollte ich auch mundtot machen, das wäre doch nur konsequent gewesen, oder?“

Dr. Sauer ist erschüttert, er weiß nicht warum, er fühlt sich auch schuldig, er kann nicht sprechen, will seinen Kollegen irgendwie trösten, hat das starke Gefühl, Trost täte auch ihm gut. Aber es gibt keinen Trost, der Tod ist unumkehrbar. Das Spiel ist aus, denkt er.

Dann geht alles ganz schnell. Herr Canossa übernimmt es, die Polizei anzurufen, zwei Beamte der Stadtwache von Bad Oeynhausen sind innerhalb kurzer Zeit vor Ort und Lüttgenotto wird in Gewahrsam genommen.

Die beiden Hauptkommissare Sasse und Johanningmeier, die nach Bad Oeynhausen geeilt sind, haben den Verdächtigen auf seine Rechte hingewiesen und hören sich gemeinsam noch auf der Polizeiwache vor Ort an, was Armin Langer, alias Dr. Armin Lüttgenotto, im ersten Verhör zum Tathergang zu sagen hat.

„Ich habe Frau Canossa gebeten, meinen Betrug nicht an die Öffentlichkeit zu bringen, mich nicht zu verraten, bei der Seele meiner Mutter. Ich bin vor ihr auf die Knie gefallen, glauben Sie mir, ich habe alles getan, um sie gnädig zu stimmen, Ich gebe zu, ich dachte auch dabei, dass sie als katholisch erzogene Italienerin meine Not sehen könnte und mir verzeihen würde, wenn ich mich reuevoll zeigen würde, sie aber blieb hart.

Sie sagte, sie habe gerade erst erfahren, wie sie durch das Brechen des Schweigens langsam ihre Symptome loswerden könne, und sie fühle, dass alle Last von ihr gefallen sei.

Sie sei sich sicher, sie werde nicht mehr krank sein, nicht mehr gepeinigt von Schuld und Angst ... Da habe ich einsehen müssen, dass ich sie nicht würde erweichen können!"

„Und dann haben Sie sie getötet, nur wegen Ihrer Stellung, nur um Ihre ergaunerte Position zu retten, und dann haben Sie auch noch versucht den einzigen Mitwisser, ihren Ehemann, auszuschalten?", bricht es aus Annette Sasse heraus.

Der Gemeinte sieht betreten nach unten, atmet flach, nickt stumm, ist starr und offensichtlich am Ende seiner Kräfte.

Johanningmeier, der natürlich im Laufe seines Berufslebens schon viele Täter befragt hat, denkt: Er macht, Gott sei Dank, auch keinen Versuch mehr, seine Untat zu rechtfertigen.

„Sie hat sich gewehrt wie eine Löwin, ich habe damit nicht gerechnet, die hat gestrampelt und gekratzt. Als sie auch noch anfing zu schreien, konnte ich nicht anders und habe zugezogen, mit aller Kraft", sagt Lüttgenotto leise.

Johanningmeier meint später zu Annette Sasse: „Ich habe einmal eine Geschichte aus Afrika gehört: Wenn ein Angehöriger eines Stammes von einem anderen desselben Stammes erschlagen wird, dann laden die Angehörigen des Opfers dem Täter ein Kanu voll Lebensmittel: Datteln, Feigen, Brot, Fleisch, geben ihm ein Paddel und lassen ihn fliehen."

„Ob Lüttgenotto die Geschichte kennt? Er war doch gerade in Afrika", überlegt die Kommissarin. „Eigentlich ist es schade, dass wir nicht in Afrika leben. Wir sind doch hier in Europa sehr von Rache und Vergeltung geprägt. Was ja wiederum eine Spirale von Rache und Gewalt auslösen kann. Die

Afrikaner sind klug. Sie setzten unter eine schlimme Geschichte einen Punkt. Ich weiß nicht warum, aber ich muss einfach an die Familie von Dr. Lüttgenotto denken. Wäre doch eine Befreiung. Wir stecken den Täter mit genügend Proviant in ein Kanu und lassen ihn weiterleben, sodass er sich bewähren kann. So könnten alle ihren Frieden finden."

Und Johanningmeier antwortet: „Wie hat Dr. Hirschfeld noch gesagt: Ich wollte, ich könnte vergeben."

44.

Johanningmeier flucht, er ist schon in Kurparknähe. Seinen Wagen hat er in einer Nebenstraße abgestellt, auf einem Behindertenparkplatz, die sind immer so schön frei.

Verdammte Technik! Nach dem Anruf hat Annette Sasse ihn sofort informiert und ihm mitgeteilt, wo sie sich mit dem Anrufer treffen werde, und hat dann den Kontaktstreifen für das Mikro und den Sender am Körper befestigt.

Johanningmeier versucht Einblick in den Park zu bekommen, irgendwo da vor ihm lauert der Täter, und in seiner Nähe befindet sich Annette, seit Neuestem „seine" Annette.

Er rennt los, so jung wie nie, frisch geboren, seine Beine fliegen ihm voran, so schnell ist er unterwegs.

Er wird auf seiner Hatz überholt von einem Mann auf einem quietschenden Damenrad ohne Beleuchtung, der aussieht wie Herr Füchtenschnieder, der Gärtner.

Johanningmeier folgt dem nervigen Geräusch, eine willkommene Orientierungshilfe wie weiland der Stern von Bethlehem für die drei Weisen aus dem Morgenland.

Die panische Angst, zu spät zu kommen, reißt ihn nach vorne, er tastet nach seinem Holster, um sich seiner Waffe zu versichern, fühlt den Bond in sich und ist bereit, für Annette zu sterben … Noch ehe er bei seinem Herumgefummel fündig wird, knallt es – rums – und er kann sehen, was vorher verborgen war.

Plötzlich wird es nämlich um ihn herum taghell. Der ganze Park ist in ein gleißendes Licht vieler Scheinwerfer getaucht.

Vor ihm eröffnet sich eine Szene dramatischen Ausmaßes.

Eine Frau, offensichtlich seine erblondete Annette, liegt in den schützenden Armen des Verwaltungschefs der Klinik. Wie der sterbende Schwan aus dem Ballett, ein Bild für die Götter, wie sie später von ihrem Liebsten zu hören bekommen wird.

Eine große Menge von Patienten und Angestellten der angrenzenden Kurkliniken haben Stabtaschenlampen in den Händen und lassen deren Strahlen einen Mann treffen, der sich schützend die Hände vor die Augen hält, in einer Hand hat er einen Klinikbademantelgürtel, wahrscheinlich Annettes Hüften entrissen, um sich ihr zu nähern, der Schwerenöter.

Johanningmeier reißt dem Schatten den Bademantelgürtel aus der Hand und kommt mit dem Objekt der Begierde zu Annette, die sich aus den Armen des Verwaltungschefs der Klinik gelöst hat.

Hier endet der Albtraum abrupt, weil der Wecker klingelt. Verflucht, denkt Johanningmeier, hätte der mir doch noch ein paar Minuten gegeben, dann hätte ich meine Annette auch einmal retten können. Das sind wir doch gerne, die weißen Ritter auf den schwarzen Pferden, um uns später anhören zu müssen: Rettest du eine Frau aus dem Fluss, dann wird sie behaupten, du hättest sie hineingestoßen. Und selbstkritisch denkt er: Ich muss mal an meinem Frauenbild arbeiten. Dann stellt er sich unter die Dusche, und kommt wieder in der Realität an.

Ehe er zur Arbeit fährt, ruft er noch rasch Annette an, um ihr seinen Traum zu erzählen. Sie lacht und sagt: „Typisch Mann! Gerade erst kennengelernt und schon eifersüchtig, höre ich da einen männlichen Besitzanspruch heraus?“ Johanningmeier fühlt sich ertappt, nickt aber und verspricht: „Daran werde ich arbeiten müssen!“ Er überlegt noch kurz, warum er am Telefon genickt hat, und nimmt sich vor, das beim nächsten Treffen mit seinem neuen Ratgeber Dr. Sauer zu besprechen.

45.

Tags darauf, kurz nach 10 Uhr morgens, findet die übliche Pressekonferenz statt. Die Kommissare sind ganz entspannt, haben sie doch ihre Arbeit, was die Aufklärung des Mordes angeht, erfolgreich beendet. Natürlich bleiben noch viele Fragen offen: Hat noch jemand in der Klinik von dem Mogeldoktor gewusst, hat ihn jemand protegiert? Wer hat und warum einen Anschlag auf die Kommissarin verübt? Gibt es einen oder mehrere Fälle?

Zunächst präsentiert der Bielefelder Polizeipräsident seine Erfolgsbilanz: Man habe zwei Tatverdächtige festgenommen, bzw. überführt: einer davon der Ehemann der Ermordeten, er habe gestanden, einen Klinikangestellten körperlich angegriffen zu haben. Über den Hintergrund der Tat wird der Presse mitgeteilt, dass Dr. Sauer von einem alten Verbrechen gewusst habe, das seine Patientin öffentlich machen sollte.

Die italienische Polizei sei informiert worden, dass Salvatore Canossa 1944 aktiv in Verbrechen gegen italienische Partisanen involviert gewesen sei.

Bliebe nun noch der Mord und das zweite Attentat, diesmal auf eine Staatsvertreterin, fragt ein Pressemann nach.

Dazu erklärt der Sprecher der Polizei, dass Dr. Lüttgenotto eine starke persönliche Motivation gehabt habe, Frau Canossa zum Schweigen zu bringen, um damit zu verhindern, dass sie verraten könnte, was sie entdeckt hatte. Nämlich, dass dieser gar keine Ausbildung zum Mediziner absolviert habe, sondern ein Hochstapler sei.

Davor hätte er als Sachbearbeiter bei der Halleschen, einer Privatkrankenkasse, gearbeitet. Es handele sich um keinen geplanten Mord, sondern um eine Tötung im Affekt. Seine berufliche Karriere sei so sehr bedroht gewesen, dass er die Nerven verloren habe. Er hätte Frau Canossa angefleht, seine wahre Identität nicht zu entlarven, was diese aber vehement abgelehnt hätte. Daraufhin sei er ihr in den Park gefolgt und habe sie umgebracht.

Auf entsprechende Nachfragen werden einige weitere Fakten der Ermittlungsarbeit bekanntgegeben.

Annette Sasse hat durch einen Stimmenvergleich mit Hilfe des Pförtners der Klinik am Kurpark eindeutig feststellen können, dass Pietro Canossa bei Frau Sauer angerufen hatte, um sie zu warnen.

Über das Familiengeheimnis, durch die Methode der Familienaufstellung ans Licht gebracht, war er von seiner Frau informiert worden, wie auch darüber, dass der behandelnde Kurpsychologe Dr. Sauer sie gedrängt habe, die Sache publik zu machen.

Da die Presse an der Geschichte mit der verletzten Ehre besonders interessiert ist, besonders natürlich die Klatschpresse, erklärt Annette Sasse: „Am Abend verübte der Verdächtige auf Dr. Sauer einen Mordanschlag, um die Ehre der Familie Canossa zu retten. Anschließend verabredete er sich telefonisch mit seiner Frau im Kurpark, um sie davon zu überzeugen, dass sie das Kriegsverbrechen nicht öffentlich machen dürfe. Als er sie im Kurpark nicht vorfand, informierte er die Klinikleitung. Ob Herr Canossa für seinen Anschlag zur Verantwortung gezogen wird, kann nur die Staatsanwaltschaft entscheiden!“

Im anschließenden allgemeinen Gemurmel im Saal geht fast unter, dass Dr. Sauer erklärt, er werde seinerseits auf eine Anzeige wegen versuchten Mordes verzichten und dass er sich stattdessen für das „nicht ganz freiwillige aber durchaus erfrischende abendliche Bad in der Werre“ bedanken wolle, die anschließenden freien Tage im Krankenhaus hätten ihm gut getan.

Annette Sasse sagt, auf Nachfrage, für sie sei der Fall auch erst dann erledigt, wenn man herausgefunden habe, wer hinter dem Anschlag auf ihre Person stecke und ob es weitere Mittäter im Klinikbereich gäbe.

46.

Eine Dreiviertelstunde später treffen sich Annette Sasse und Otto Johanningmeier in der Vorhalle der Klinik am Kurpark. Sie sind verabredet mit Herrn Hirschberg.

Nach dem gestrigen Gespräch mit der Kommissarin ist Herr Hirschberg immer noch aufgewühlt. Er ist doch eigentlich in diesem Bad, um es sich gut gehen zu lassen, aber es geschehen ganz merkwürdige Dinge mit ihm und um ihn herum. Eigentlich fing das alles mit der nächtlichen Ruhestörung an. Herr Hirschberg steht auf und geht in seinem Zimmer hin und her, dann setzt er sich wieder, zuletzt entschließt er sich dazu, zu seiner Verabredung zu gehen. Hilft mehr als fünf Anwendungen, denkt er, so tatkräftig wie ich mich jetzt fühle.

Seit dem schrecklichen Ereignis ist das therapeutische Treiben im Kurbetrieb wie verlangsamt, das gesamte Personal hat einen Gang heruntergeschaltet, ist leiser und behutsamer. Herr Hirschfeld geht durchs Foyer und stellt sich innerlich auf das Gespräch mit den beiden Kommissaren ein. Hat die Kommissarin recht, dass es Menschen gibt, die sich als Opfer anbieten? Und wie ist das mit der Täterseite? Die beiden Kommissare erwarten ihn, doch Herr Hirschberg bleibt noch einen Augenblick in Gedanken verloren stehen. Er muss an Moshe Leber denken, einen Aktivisten einer jüdischen Einrichtung, die direkt nach dem Krieg von Wien aus die Fahndung nach untergetauchten Naziverbrechern an höherer Stelle mit koordiniert hat. Jetzt setzt er sich zu den Kommissaren und lehnt das Angebot zu einer Tasse Kaffee dankend ab. Seine Gefühlslage hat sich verbessert, so eine Art Jagdfieber hat sich eingestellt.

„Raten Sie mal, wer dem Großvater von Frau Canossa den Schießbefehl erteilt hat?“, fragt er übergangslos. „Die Akte Hoppe befindet sich in der Tat im Archiv, das habe ich mit zwei kurzen Anrufen über meinen alten Freund Moshe herausgefunden. Sie glauben gar nicht, wie erstaunt der war, meine Stimme zu hören. Was mich besonders befriedigt, ist, dass es sich beim alten Hoppe tatsächlich um den entscheidenden Kommandanten der SS im Mittelabschnitt Italiens handelt, der mit der Bekämpfung von Partisanen befasst war und 1944 untergetaucht ist. Moshe Leber hat den Vater des Verwaltungschefs eindeutig als den gleichen Hoppe identifiziert, der sich bis zu seinem Tode in Chile aufgehalten hat. Glatter Kurerfolg: eine späte Genugtuung!“

Nachdem er mit den beiden Kommissaren über seinen Fahndungserfolg gesprochen hat, umarmt ihn Annette Sasse spontan, sagt dann aber, dass die gefundenen Verbindungen allein dem jungen Hoppe noch nicht den Hals brechen würden: „Sippenhaftung ist abgeschafft, Gott sei Dank. Aber vielleicht findet die Steuerfahndung etwas, ich hetze sie der Klinik auf den Hals. Ansonsten gute Arbeit, Herr Kollege. Vielleicht lässt sich beweisen, dass Dr. Hoppe auch von der Amtserschleichung Dr. Lüttgenottos wusste, zumindest hat er grob nachlässig gehandelt, als er die Papiere unseres Hochstaplers nicht auf Herz und Nieren überprüfte. Und wenn er sogar eingeweiht war, dann hat er billigend in Kauf genommen, dass sein Schützling bei der Arbeit Mist bauen oder sich mit allen Mitteln wehren könnte, falls ihm jemand auf die Schliche kommt.“

„Der Hoppe könnte auch hinter dem Saunaangriff stecken. Ich will gar nicht darüber nachdenken, was dir hätte passieren können“, sagt Johanningmeier. „Aber warum?“

„Aus Dummheit“, sagt Annette Sasse. „Es muss ihm doch

klar sein, dass ich ihm seine tolle Retterrolle nicht abkaufe. Aber Männer und Klugheit!“

Herr Hirschfeld und Johanningmeier lachen sich an.

47.

Mielke steht an der Bahnsteigkante und ist zufrieden. Immer wieder steckt er seine rechte Hand in die Seitentasche seines flotten Sakkos und fummelt an dem Fahrschein herum. Berlin, Berlin, wir fahren nach Berlin! So sehen Sieger aus, denkt er gut gelaunt. Pillen-Ralf hat seinem Kunden entgeistert nachgesehen, als er über den Bahnhofsvorplatz geeilt und mit Schwung ins Bahnhofsgebäude eingelaufen ist. Seinen Abschiedsgruß nimmt er mit, Tränen gibt es nicht, es wären sowieso Krokodilstränen gewesen.

Vor zwei Tagen hat Mielke einen Anruf von Dr. Hoppe bekommen. Zum letzten Mal. Die verabredete Summe sollte genügen, um in seiner Traumstadt erst mal Fuß zu fassen. „Und versuch nicht, mich zu erpressen, meine Kameraden machen dich alle, und es gibt keinerlei Beweise!“ Für Mielke ist das eine klare Ansage, er weiß genau, wann Ende der Fahnenstange ist, das kennt er von seiner kurzen Erfahrung mit dem braunen Milieu. Dr. Hoppe hat ihm noch ein paar Adressen besorgt, Kneipenjobs, nach dem Motto: Vertrauen ist gut, Kontrolle ist besser. Aber Mielke denkt auch an eine Fortsetzung seiner Karriere, vielleicht bei den vielen einsamen Damen an den Hoteltresen der Metropole um Mitternacht. Im Zug sitzend lässt er das Wiehengebirge an sich vorüberziehen. Nach Hannover genehmigt er sich im Speisewagen ein Bierchen und geht zurück auf seinen reservierten Sitzplatz, um dort ein Nickerchen zu halten. Als er aufwacht, sitzt ihm eine blonde Dame gegenüber. Er legt den Kopf zur anderen Seite und schlummert wieder ein.

48.

Dr. Sigurd Hoppe steht in seinem großzügigen Büro mit Blick auf den Kurpark. Der Raum ist mit einigen Mapuche-Statuetten ausstaffiert, Mitbringsel aus der Zeit, als er noch in Chile lebte.

Es war ein freies Leben auf dem väterlichen Landgut in der Nähe von Temuco, bis seine Mutter, an der er sehr hing, früh starb. Er war damals 12 Jahre alt. Sein Vater, Soldat der deutschen Wehrmacht, wollte oder konnte ihn nicht alleine erziehen, so kam er nach Mutters Tod in ein deutsches Internat nach Santiago. Hier herrschten Disziplin und Ordnung, Tugenden, die ihm, der er vorher zwischen Landarbeitern, Rancheros und Pferden aufgewachsen war, zunächst schwerfielen zu akzeptieren, an die er sich aber gewöhnte. Unter der anerzogenen Disziplin lebte aber weiter der Wille, einen eigenen Weg einzuschlagen.

Er streicht über den Kopf einer Plastik, die Oberfläche ist glatt und angenehm. Es ist eine Art Tick, um sich zu beruhigen, und das braucht er. Der Mord unter seinem Dach, die Polizei im Haus, die unangenehme Fragen stellt, er muss einen kühlen Kopf behalten. Erst denken, dann handeln, Vaters Stimme klingt in ihm nach. Der hatte gut reden, der hatte doch nie richtig nachgedacht. Er, der Sohn, muss jetzt der Polizei klar machen, dass sie hier nichts gegen ihn finden wird. Hier ist sein Reich. Mutter ist eine Mapuche-Indianerin gewesen, sie entstammte einem stolzen Volk, das von 12.000 spanischen Soldaten niedergemacht wurde, ohne dass es den katholischen Glauben angenommen hätte. Handeln, so heißt die Devise, und er verlässt sein Büro. Diese Sasse hat ihren Denkzettel bereits erhalten.

Es ist nach Ende der Arbeitszeit, die meisten Mitarbeiter der Klinik sind schon nach Hause gefahren, ihn erwartet niemand. Jeronimo auf dem Kriegspfad, hüte dich, weiße Squaw!

49.

Dr. Hoppe wischt sich den Schweiß von der Stirn. Geschafft, denkt er. Die Linienmaschine der LAN Chile via Madrid nach Santiago de Chile befindet sich auf Reiseflughöhe über der iberischen Halbinsel.

Er muss an seinen Vater denken, der vor vielen Jahren das Täterland Deutschland verließ, um sich in Chile eine neue Existenz aufzubauen. Er weiß nicht recht, ob er seinem Vater dankbar sein soll, aber es waren eben schwere Zeiten damals. Schwamm drüber.

In weniger als 14 Stunden wird er wieder Heimatboden betreten. Der Boden von Bad Oeynhausen ist ihm zu heiß geworden. Heiße Quellen, muss er denken und lächelt spöttisch. Heißer Boden, heiße Quelle, der Tanz auf dem Vulkan. Wenn ich erst mal in Santiago bin, dann werde ich's mir gut gehen lassen, eine Flasche Pisco kaufen, mich an den Pool setzen und mein freies Leben genießen.

Gut, er hat auf allerhand verzichtet, keine Abfindung, keine Rente. Hat sich vorgenommen zurück nach Temuco zu gehen, Pferde zu züchten und Wein anzubauen.

Vor seinem inneren Auge taucht seine Mutter auf. Sie war stolz und streitbar. Etwas mehr hätte sie mir davon vererben können, denkt er, bestellt sich bei der Stewardess noch einen Piccolo und schläft ein.

Als er aufwacht, befindet sich der Flieger über Brasilien. Unter ihnen die grüne Hölle, über ihm der blaue Himmel. Nein, ein schlechtes Gewissen hat er nicht. Gut, der Anschlag auf die Kommissarin, aber der war genau berechnet. Ende gut, alles gut!

Am frühen Nachmittag kreist die Maschine noch einige Male in der Warteschleife über Santiago, ehe sie die Landeerlaubnis bekommt. Als er chilenischen Boden betritt, spürt er noch einmal die Erleichterung. Er fährt vom Flughafen ins

Hotel und mietet sich einen Wagen für den Tag danach. Er freut sich auf das Wiedersehen mit den Rancheros auf seinem Gut.

Alles wird gut, denkt er.

50.

Anton Füchtenschnieder ist sich nicht sicher, aber er hat das Gefühl, sein Stottern hätte sich verändert. Das Sprechen kostet ihn spürbar weniger Anstrengung. Wurde er per Schocktherapie geheilt?

Er radelt durch den Park, heute ist Samstag, keine Toten in Sicht. Es fällt ihm schwer, zu den Ereignissen der letzten Tage Abstand zu gewinnen. Der psychologische Dienst der Polizei hatte ihm ein Bewältigungsgespräch angeboten und er hatte dankend angenommen. Die Sitzung dauerte über eine Stunde, und Anton Füchtenschnieder war aufgefordert, sich immer wieder die ausgestreckte weißblaue Frauenhand und seine Gefühle bei diesem Anblick vorzustellen, so lange, bis seine Beklommenheit allmählich einer Gleichgültigkeit gewichen war. Erleichtert war er nach Hause gefahren. Gar nicht so doof die Psychologie.

Dieser Hoppe, der ist ihm immer schon seltsam vorgekommen, dunkel, unbeweglich, dabei schleichend wie ein Puma. Nun hat man ihn beurlaubt, klingt gar nicht so schlecht, aber so manche Worte haben es in sich, Zungenbrecher, Fallstricke, Stolpersteine, Wortgewalt, doppelzüngig.

Als er vor vielen Jahren als Gärtner anfing, da war ein umgestürzter Baum eine echte Sensation gewesen, oder der Eisregen. Manchmal hatten Jugendliche den schwarzen Schwan mit Steinen beworfen und vorletztes Jahr war ein Kind in den Werresiel gerutscht.

Er kommt an die historische Stelle, wo der Legende nach

Sültemeyers Schweine, statt zu gehorchen und auf die Wiese zu laufen, die salzigen Steine ableckten. Ist Hoppe ein Schwein? Unschuldig ist doch nur die verscharrte Frau, keine Frage, eine Modetante, und ihr Ehemann wollte den Rollidoc versenken, auch nicht die feine Art.

51.

Annette Sasse hat heute ihren Putztag, eine Hassliebe verbindet sie mit dem Schrubber, mit dem sie den Fußboden akribisch bearbeitet. Als sie alle sensiblen Ecken ihrer Wohnung blank gewienert hat, setzt sie sich auf den Balkon, um durchzuatmen. Sie will die Kinder später zum Einkaufen schicken und hat so eine kreative Schaffenspause für sich. Ihre Gedanken wandern zu ihrer Liebe, sie spürt Amors Pfeile überall.

Nun aber Schluss mit der romantischen Einlage, sie ist so froh, dass sie lebt und nicht in der Saunahölle verschmurgelt ist. Da war wohl eine ganze Menge von Schutzengeln zur Stelle, um Luzifer in die Quere zu kommen. Der Fall ist gelöst, sie ist erleichtert. Dieses gesunde Bad Oeynhausen war doch ein harter Brocken, wahrscheinlich wegen der Fassade, die es erstmal zu durchschauen galt. Das Bigotte ist natürlich überall zu finden, auch hier in Bielefeld. Sie schaut aus dem Küchenfenster, ihr ist plötzlich kalt.

So, gleich kommen die Kinder. Und was gibt's heute? Arme Ritter? Haben wir lange nicht gehabt, Eier sind da, Milch auch, das alte Brot hat die Kleine mit zu den Pferden genommen, wo kauft man altes Brot? Vielleicht geht's auch mit frischem.

Annette Sasse greift zum Telefon, von Sehnsucht gesteuert, und ruft im Polizeipräsidium an. Ihr Kollege ist gleich selbst auf Leitung und sagt: „Nichts Neues, aber die Pressefritzen erwarten unsere News, kommst du zum Pressemeeting um 18 Uhr?“

„Liebend gern, aber nur, wenn du auch dort bist!“

„Wo soll ich hin, all mein Trachten, all mein Flehen ward erhört und auch gesehen!“

„Hör auf, du Süßholzraspler, das hält ja keine Liebe aus, Männer lügen am Telefon!“

Nachdem die Kinder gekommen sind und Brot geholt haben, haut sie die armen Ritter in die Pfanne und schwingt sich danach gestärkt aufs Fahrrad, um zum Dienst zu radeln.

52.

Auch Johanningmeier ist ganz in Sehnsucht eingehüllt. Meine Annette, denkt er zärtlich, komm ins Präsidium, wir lösen alle schwierigen Fälle dieser Welt, auch die unlösbaren. Die Schmetterlinge im Bauch bleiben ihm, Gott sei Dank, erhalten.

Er öffnet weit das Fenster ihres gemeinsamen Büros und die warme Luft des Sommers füllt seine Lungen. Nicht an morgen denken, im Hier und Jetzt bleiben, nur genießen, die Augen schließen und sich den Bildern von Nähe überlassen. Der Polizist in ihm ist zufrieden, sind doch die Täter überführt, auch wenn im Fall Hoppe noch einiges an Beweislast gesucht werden muss. Den kriegen wir schon an den Hammelbeinen. Wir sind einfach ein starkes Team.

Er sieht unten Annette mit dem Fahrrad vorfahren, er winkt ihr zu, sie aber sieht ihn nicht, schließt ihr Rad ab und eilt ins Präsidium. Johanningmeier saust in die Küche und macht zwei Espressi. In jeden einen Würfel Zucker hinein, und zurück im Büro findet er Annette freudig lachend auf seinem Bürostuhl.

„Nun müssen wir nur noch den Sack zumachen“, sagt Annette und setzt sich an den PC, um ein ausgiebiges Protokoll über den Endstand der Ermittlungen zu schreiben. Beide überfliegen den Text, wobei Johanningmeier hinter ihr steht und sich leicht über sie beugt. „Herr Canossa hat sein Attentat auf Dr. Sauer zugegeben. Der will auf jede Anklage verzichten, aber besteht darauf, sich im Modehaus Rietberg neu einkleiden zu lassen."

Annette sagt: „Na, ist das legitim?"

Johanningmeier nickt und gibt sein Okay.

Gemeinsam planen die beiden eine Reise in die Toskana, um vor Ort den Fall zu beschließen. Käse, Wein und italienische Lebensart werden sie genießen und die Erfolge gebührend begießen.

„Ti amo", sagt Johanningmeier zu Annette und sie lächelt fein.

53.

Die erste gemeinsame Reise führt also nicht nach Venedig, den Sehnsuchtsort der Liebenden, sondern in das Dorf von Frau Canossa, wo die beiden Hand in Hand auf einem Begräbnisfeld stehen.

In ihrer Gesellschaft Dr. Sauer, der sich kurzerhand –„ein Tapetenwechsel tut mir jetzt gut!"– ungefragt angeschlossen hat. Annette daraufhin ironisch zu Johanningmeier: „Dann haben wir wenigstens einen Psychologen an Bord, der unsere ersten Partnerkonflikte schon im Ansatz ersticken kann!"

Auf dem Friedhof des toskanischen Dorfes finden sie das frisch angelegte Grab des Großvaters der Ermordeten. Dr. Sauer empfindet in diesem Augenblick nicht die gewünschte Befriedigung, sondern spürt stattdessen noch intensiver jene unendliche Wut seiner Generation auf jede Form von Gewalt und wünscht sich in diesem Augenblick nichts sehnlicher, als dass es allen Ohnmächtigen dieser Welt gelingen möge, ihre

Ungeduld zu bewahren, als höchstes Gut für bessere Zeiten.

Annette Sasse steht neben ihm auf dem Friedhof und legt dem sich Grämenden die Hand auf die Schulter. Der empfängt dankbar eine warme Körperempfindung. Johanningmeier, der sich seines eigenen Vornamens schon kaum noch entsinnt, weil er immer nur mit seinem Nachnamen angesprochen wird, auch von Annette, bricht das Schweigen: „So, das hätten wir, darauf einen Grappa!" Er fühlt sich mulmig vor dem Grab, umringt von lauter schweigenden Zypressen.

Deshalb schlägt er schnell den Rückweg ein und fühlt sich an eine Szene neulich im Kurpark erinnert: Über allen Parkbänken lag Schweigen. Und er, der sich vor Jahren den zweifelhaften Genuss von Zigarettenqualm abgewöhnt hatte, verspürte urplötzlich ein aus dem Nichts aufkeimendes Rauchverlangen, gepaart mit emsigem Geschwätz aus Richtung einer der unzähligen Parkbänke. Alle dort Sitzenden rauchten und sprachen über entflohene Liebschaften, gehörnte Männerfreunde, Symptome des Altwerdens. Johanningmeier entfährt es: „Dr. Sauer, können Sie nicht auch mal eine Selbsthilfegruppe für verfolgte Raucher einrichten, für alle, die in Bielefeld unter dem Motto leiden: Achtung, Achtung, die nächste Raucherzone beginnt erst jenseits des Teutoburger Waldes?", und bringt ihn mit seinem Vorschlag zum Schmunzeln.

„Für meine Arbeit", sagt Dr. Sauer später, als sie nach einem leckeren italienischen Essen bei Wein und einem Schluck Grappa zusammensitzen, „bedeutet das, was passiert ist, dass man die Schutzfunktion der Symptome keinesfalls unterschätzen darf! Frau Canossa traute sich erst allein in die Dunkelheit des Parks, als sie die Symptome überwunden hatte und sich in sich selbst geborgen fühlte. Diese Symptombefreiung ist ihr paradoxerweise zum Verhängnis geworden."

Dr. Sauer muss an Clarissa denken, eine lebendig strahlende Frau, die sich von ihm getrennt hat, die er aber immer lieben wird, und er bekommt einen ruhigen und versonnenen Gesichtsausdruck. Auch wenn er genau weiß, dass es für sie keine gemeinsame Zukunft gibt und ihn dies schmerzt, überwiegt doch der Reichtum, den ihm diese Beziehung beschert hat. „Ich denke viel an dich“, hatte er ihr bei einem ihrer sporadischen Treffen gesagt. Und ihre Antwort hatte gelautet: „Ich weiß.“

Etwas Unaufgeklärtes wirkt offensichtlich ebenso paradox. Man behält eine offene Frage, ein Geheimnis, ein nicht gelebtes Liebesleben in dauernder Erinnerung. So kommt zwar etwas niemals zum Abschluss, aber die Sehnsucht bleibt, die Wünsche ebenso, und sie entfalten Kräfte, die einem ewigen Jungbrunnen ähnlich sind, eine feine Sache.

Natürlich spricht das nur Romantiker an. Poesielosen Realisten fehlt die Tat, sie sind mit den Tatsachen unzufrieden und entwickeln über die Jahre diese nach unten gezogenen Mundwinkel, wie man sie bei so manchen Politikern beobachten kann.

54.

Dr. Sauer, der sich in seiner therapeutischen Arbeit immer die weiterführende Frage stellt, was lehrt uns das?, bietet seit dem Ereignis einmal pro Halbjahr allen Klinikangestellten und interessierten Bürgern eine gruppendynamische Großveranstaltung mit dem Titel „Tödliches Schweigen“ an, in der er aufzeigt, dass durch Sprechen, Aussprechen und Mitteilen oft gefährliche Entwicklungen vorzeitig verhindert werden können.

Er vertritt die Meinung, die Entwicklung von Zivilcourage würde allen Bürgern von Bad Oeynhausen gut zu Gesicht stehen, schließlich sei doch ihr Kurpark einerseits sauber und gut gepflegt, aber andererseits auch wild gewachsen, schattig und licht, voll Freude und manchmal auch Leiden.

In seinem Großseminar verweist er auf die enge Beziehung zwischen Schuld, Angst und seelischer Störung und auf die Wege kreativer Lösungen durch Ehrlichkeit und Akzeptanz. Das aktive Mitverschweigen einer Straftat ist mindestens genauso belastend wie das Täterschweigen!

Über seinen „Fall C." veröffentlicht er eine viel beachtete Einzelfallstudie, in der er auf die Kraft der Lösung hinweist. Eine Kraft, die oft an das überkommene Festhalten an Scham und Schuld gebunden sei, bei deren Auflösen für den Einzelnen genau die Kraft freigesetzt würde, die er ansonsten aufbringen müsse, um zu verschleiern und zu vertuschen. Dies könne im Fall C. eben zu der Angstproblematik geführt haben. Besonders tragisch sei gewesen, dass C. unmittelbar nach der Lösung ihrer Symptomatik umgebracht wurde.

Aus der ersten Begegnung mit Johanningmeier ist eine Freundschaft geworden, eine, die sogar dazu geführt hat, dass sie sich hin und wieder privat sehen und Dr. Sauer seinen psychologischen Senf zu Johanningmeiers ungelösten Fällen gibt. „Wenn wir etwas nicht lösen, dann tragen wir manchmal selbst unseren Teil dazu bei, weil wir etwas lieber nicht entblößen wollen!", sagt er dann und Johanningmeier beginnt an die Wirkung der unbewussten Solidarität zu glauben: „Wir müssen uns nur etwas vorwerfen, wenn wir nicht unser Bestes gegeben haben."

Und die beiden Hauptkommissare sind bis heute nicht nur beruflich eng verbunden, ein positives Beispiel für Liebe am Arbeitsplatz.

Wolfgang Neumann, Dr. Phil., ist Diplom-Psychologe und Psychotherapeut in psychologischer Praxis. Er ist Autor von psychologischen Fachbüchern, von Lyrik, Prosa und Kinderbüchern. Er lebt und arbeitet in Bielefeld.

E-Mail: wn@neumann-abel.de
Internet: www.wolfgangneumann.net

Annette Sandrock arbeitete als Lehrerin, ist passionierte Leserin und hat eine Vorliebe für den trockenen westfälischen Humor. Sie ist in Rietberg aufgewachsen und lebt ebenfalls in Bielefeld.